非限制級的愛情

The Unrestricted LOVE

大拓

青色愛情：02

非限制級的愛情

作　者　葉　楊
出 版 者　大拓文化事業有限公司
執行編輯　林于婷
美術編輯　劉逸芹
總 經 銷　永續圖書有限公司
劃撥帳號　18669219
地　址　22103 新北市汐止區大同路三段一九十四號九樓之一
TEL　（〇二）八六四七—三六六三
FAX　（〇二）八六四七—三六六〇
E-mail　yungjiuh@ms45.hinet.net
網　址　www.foreverbooks.com.tw
CVS代理　美璟文化有限公司
TEL　（〇二）二七二三—九九六八
FAX　（〇二）二七二三—九六六八
法律顧問　方圓法律事務所　涂成樞律師
出 版 日◇二〇一三年四月

國家圖書館出版品預行編目資料

非限制級的愛情 / 葉楊著. -- 初版.
-- 新北市 : 大拓文化, 民102.04
面 ;　公分. -- (青色愛情系列 ; 2)
ISBN 978-986-5886-14-1(平裝)
857.63　　　102002012

CONTENTS

4 那個女人與那個男人
23 用背叛來背叛自己
45 你依舊是我的朋友
66 你的家，我的家
91 我愛你，所以我要結婚
117 那晚你對我的守候
138 明天還是吹一樣的風
160 原來我們是這樣的愛
179 這樣的人讓他走
198 躲在窗下的人

4

那個女人與那個男人

追求的東西如果是金錢　則會讓人變成慾望無窮
追求的東西如果是愛情　則要看這個人是否值得你為他犧牲

炎熱的太陽照的人眼睛都張不開，王蘭站在法院大門前，看著來往路人，她跟「那個女人」約在這裡。

「那個女人」王蘭突然覺得好笑，自己已經不自覺的用這個稱呼來叫文茵了，這是明軒每次對她談文茵時，都不直接稱名字，而是用「那個女人」來稱呼，每次這樣稱呼時，王蘭都會不客氣的對明軒糾正，「明明是自己的老婆，爲何說的這麼不尊重，不然你就說我家那口子啊。」

明軒每次都笑笑不理她，還是滿口「那個女人」「那個女人」的叫，她記得

THE
UNRESTRICTED
LOVE

有次跟明軒說，「當你這樣叫她時，表示你們兩個婚姻鋼索已經有問題了，趕快修復吧。」明軒聳聳肩，不以爲然。

後來，她聽到文茵稱明軒爲「那個男人」時，她知道這兩個人的婚姻鋼索斷了，她就不想再參與「那個女人」與「那個男人」的事了，然而「那個男人」與「那個女人」，卻硬生生把她拉進去。

◆◆◆

今天文茵是主角，王蘭是陪她的配角。

王蘭在大門前四處張望，看文茵來了嗎？沒多久，她看到文茵邊走邊跟她揮手，文茵今天穿著素面的淺藍色洋裝，在這酷熱天氣，令人眼睛十分清涼。

文茵在門口站了一下，眼睛向四方掃瞄，像在找尋什麼，王蘭拉拉她，文茵才趕緊收回視線，跟著她一道進去。

她們是在第二法庭，穿過走廊爬上樓梯就到，第二法庭前面站了不少人，王蘭看到明軒站在那，她想向他打招呼，但現在情形好像不恰當，於是她把視線移開裝做沒看到，兩人擦身而過。

王蘭走到法庭門口，看到裡面旁聽席已坐了不少人，她沒想到法庭會這麼熱鬧，她好奇看著牆壁上的告示，滿滿的訴訟案寫在牌上。難怪法官會喊累，狀子看不完，判決書也寫不完。

她不解爲什麼人與人的關係，要搞到這麼麻煩，人不是只有男人與女人兩種嗎?這兩種關係應該是簡單吧，爲什麼硬是要把它錯綜複雜起來，王蘭看到裡面幾乎坐滿了人，不禁嘆了一口氣。她想，如果自己是上帝，絕對要把這些原告、被告先痛打十大板。

◆◆◆

她拉著文茵向旁邊駐警報到，她看到明軒已完成報到手續，她跟文茵也趕緊簽名蓋章。

報到手續辦好後，她們不想到外頭與明軒打照面，就直接在旁聽席找個位子，她們勉強找到一個角落，兩人沒有說話。

王蘭聆聽起庭上正進行的案子，兩照都有請律師，其中原告這一方，正在陳述一些過去的例證，沒多久被告一方的律師，也拿出一些有利的證據，兩照你攻我防，這情節讓她想到電影，電影上許多橋段都是這樣演的，過去是在大螢幕看許多大明星用演的，而今天是沒有大明星的「實境秀」，這比電影更真實精采，當然，更血淋淋。

聽了一些兩照的說辭，她大概拼湊出一些輪廓，原來是三角習題，丈夫拋棄妻子投向另一個女人的懷抱，這個丈夫不但沒履行婚姻義務，還置妻子和小孩不顧，現在妻子不但要帶一個四歲的小孩，連肚子也有一個未出生的，所以這個妻子在庭上頻頻拭淚，讓人看了十分難過。

這場家庭戰爭在激辯下，暫時告一段落，等待下次繼續播出，王蘭看到這個妻子，離開後眼淚還不斷流出，邊走邊擦，實在是一幕讓人鼻酸的畫面。

她目送她離開，在門口時看到應該是她的家人吧，把她四歲的小孩抱過來，這小孩大概累了，睡著了，所以沒上演找媽媽的戲碼。她想，如果小孩沒睡著，在庭上哭喊著媽媽……那應該更能打動法官的心。

◆◆◆

文茵的案子還在後面，她們怕遲到，所以提前先來，沒想到有點過早，王蘭看了手錶，還需要等，所以她就繼續看下一齣。

這一個還是外遇的案子，她心想這難道是「家事法庭」嗎？這個官司訴訟有一段時間了吧，她看到庭上法官的卷宗厚厚的，應該是長時間累積下來的，今天是終結，原告官司打贏了，法官判被告及第三者必須要負民事及刑事責任，但可易科罰金。

王蘭看到法官宣判的同時，兩照都出席，原告雖然勝訴，但臉上看不到喜悅的臉色，被告在宣判後，就挽著旁邊的女人，步出法庭，原告看著被告挽著搶走她男人的女人，在她前夫的扶持下，消失在法庭裡。

原告默默收拾東西，像是一隻戰敗的公雞，垂頭喪氣，王蘭的眼睛跟隨著這個受傷的女人，直到影子完全消失，她才收回。她想到張愛玲說：「愛情本來並不複雜，來來去去不過三個字，不是我愛你、我恨你，便是算了吧、你好嗎、對不起」，真實的生活卻增加了「第三者」，這大概是張愛玲遺漏的。

◆◆◆

接下來就是文茵的了，因爲沒多久文茵與明軒兩個人的名字被唱出來，她和文茵趕緊從旁聽席走出來，同時明軒也從外面進來，兩人各站一方，也很有默契的都沒有請律師。

看到左邊是朋友，右邊也是朋友，自己原本只能站在中間的，但偏偏今天扮演得必須是靠邊站。

王蘭不禁唏噓起來，莎士比亞說過：「不如意的婚姻好比是座地獄，一輩子雞爭鵝鬥，不得安生，相反的，選到一個稱心如意的配偶，就能百年諧和，幸福無窮。」

每個人期待有幸福婚姻，但每個人對幸福婚姻的看法不同，因此婚姻裡兩人對愛付出的成分絕對不一樣，永遠都是其中一個付出的成分多於另一個，多的那一個如果不接受付出多的事實，婚姻裡就增加「計較的成分」，那婚姻也是走入衰敗的開始。

真實婚姻中衝突是避免不了的，所以不知誰說的「沒有衝突的婚姻，幾乎同沒有危機的國家一樣難以想像」，婚姻裡的衝突，是磨合前的步驟，婚姻最重要不是衝突而是承擔，所以婚姻中「承擔義務，是幸福而長久的婚姻關係基礎」，如果彼此都不願承擔，那婚姻鐵定走不下去。

人喜歡把感情世界弄得複雜，不管它背後的動機是什麼，既然選擇婚姻，是不是要對婚姻付出代價？

◆◆◆

看到自己選邊站，王蘭就不自覺的想到那天，突然接到文茵的求救電話，只好匆忙趕過去，到了文茵家，不，應該是家門口，只見文茵呆呆站在那裡，王蘭以爲文茵在門口接她，沒想到不是，而是她有家歸不得，明軒竟然趁她回娘家時，把門鎖給換了，然後來個法國式告別——「不告而別」，怎麼都找不到人。

兩人等了很久，把該聯絡的人都聯絡過了，就是不知道明軒去哪，王蘭看著文茵，「你們發生了什麼事？」

文茵低頭沒有說話，久久，文茵抬頭看了王蘭，王蘭搖搖頭，無奈的只好把文茵帶回家。

就因爲這樣自己參與了這件事，而她今天的角色是扮演證人，證明明軒確實把文茵鎖在外頭，置她於不顧。

他們兩個人的關係她非常清楚，但不是說：「清官難斷家務事」，連清官都管不了夫妻事物，那她更是不知道如何插手，所以她也不曉得如何斷定誰是誰非。

前面的案子都是三角習題，三角習題很清楚知道對與錯，不管是對或錯它的後面都是造成彼此的傷害，兩角習題呢？也是傷害。

王蘭轉頭看了文茵跟明軒，不是說「戀愛是美麗的，婚姻是神聖的」？既然是神聖，那「兩人用婚姻這艘船載運愛情的聖品時，彼此的使命應該是盡量遠離暗礁，躲開風浪，讓船安全到達目的地，誰要耍帥來個乘風破浪？」這不就是追求愛情與婚姻的真意？

這兩個人面無表情地站在法官前面，王蘭覺得非常好笑，一個一開始就走在鋼索上的婚姻，有什麼資格要求法官來裁決？

一開始就走鋼索，當然以後步步在鋼索上面，王蘭想到古人說的「十年修得同船渡，百年修得共枕眠。」這是多麼不容易的姻緣，而竟然有人拿婚姻當兒戲，她只有感嘆有些人福薄。

◆◆◆

文茵和明軒雙方都沒請律師，所以攻防都必須親自上陣，文茵先發難，她把過去種種如數家珍般一一敘述，但因爲有些冗長，中間斷斷續續被庭上打斷，好不容易，陳述完了。

聽完文茵的話後，王蘭想到文茵初遇到明軒時跟她說，她買到明軒這張彩票，有了這張彩票，她往後的吃穿不用愁。

婚姻如果是一張彩票就好，簽了名蓋個章，彩金就入戶頭，然偏偏婚姻是張不能記名的彩票，誰撿到就是誰的。

王蘭看旁邊站著的文茵，嘆一口氣，只是撿到了一張還來不及寫上名字的彩票。

◆◆◆

王蘭知道文茵明明已跟一個男人住在一起，卻要選擇跟另一個男人結婚，所以在文茵結婚前，王蘭就警告她別把明軒當傻子。

文茵則告訴她，她只要跟明軒結婚就會跟另一個男人分開。

她問文茵說，「明軒知不知道另一個男人的事」。

文茵說不知道，但「另一個男人同意她這麼做，而且還願意等她。」

文茵還對她說，「我只要跟明軒結婚，不管生活多久，一旦離婚之後，就可以跟他索取贍養費，拿到贍養費她就可以回到另一個男人那邊去。」

王蘭罵她是瘋子，但文茵說她願意爲愛犧牲，王蘭不知道文茵爲什麼愛犧牲，她問文茵這是愛嗎？文茵沒講話。

後來她感嘆地告訴文茵，「這是一個虛假的世界，什麼事都開始變得明目張膽。」

文茵卻跟她說，「就是因爲是虛假的世界，所以可以假結婚，假離婚。」

王蘭氣的告訴文茵，當她真的把自己放在虛假世界時，她不應該再回頭當人了，因爲已經變成次等動物了。

她並且告訴文茵，人與次等動物不同的地方，就是會判別，現在連這個智能都沒有了，還能夠與人競爭嗎？

文茵沒有講話，王蘭很生氣的對她說：「妳以爲結婚後離婚就可以拿贍養費嗎？妳想得太天真，妳會小動作，別人難道就不會嗎？人家江湖走的多。」

「他再怎麼搞小動作，依法我還是可以得到一份。」文茵說。

王蘭聽文茵這樣說，當下更生氣，「誰告訴妳？那個窩在暗處的男人？他懂得多少？我想他只懂得在妳背後算錢吧？別傻了，台灣法律跟美國是不同的，他只要稍微請個律師，妳一毛錢都拿不到，更何況他又沒有把柄落在妳手上？」

兩人因此靜默很久，最後王蘭打斷沉默告訴她，如果要讓彩票真的填上名字，此刻離婚是不恰當，因爲即使拿到了彩票，但金額不會很大，如果想要真的獲得一張頭彩，要認真演戲，好的演員台上一分鐘，台下十年功，除非只是想當跑龍套。

文茵眼中開始泛紅，臨走前，王蘭拍拍她的手，想想看明軒和躲在背後的另一個男人，誰對她比較重要？

◆◆◆

明軒對於自己身上的金錢如何應用，不可能沒盤算，她記得明軒曾告訴她，「如果懂得使用金錢，金錢是你的奴僕，如果不懂得使用，你就變成金錢的奴隸」，他說他把金錢當奴隸，也把女人當作一個廉價商品，所以他隨時可以買到他想要的商品。

她把明軒的想法告訴文茵，並提醒她天下沒有白吃的午餐，如果每個人都想買到高額獎金的彩券，那上帝由她當就好，彩券公司由她開就好。

文茵則說愛情與金錢不同，愛情是短暫的，因爲沒有一個愛情禁得起考驗，金錢是永遠，因爲金錢可以改變愛情。

她告訴文茵，金錢是可以改變愛情，但她沒有使用權，只是一個商品，商品是容易被淘汰的，文茵說她會拿到那個使用權。

爲了拿到使用權，文茵想用肉體來牽住，殊不知柏拉圖早就說過：「男人和女人的不同，女人的痛苦在於，當她和她所愛的男人有了肉體關係以後，她就很自然地把這種關係視爲一種永遠，但男人卻可以不同，他們可能只會覺得那是「生存方式的又一種演繹。」

當男人認爲那是一種生存方式的演繹時，有多少生存的機會在等待他？

文茵和明軒兩人在法官面前努力當好的演員，但在婚姻戲碼上兩個人都不是一個好咖，是一個演不到一半就讓劇情走不下去的爛咖。

真正婚姻生活是在激情過後，當女人不再戴面具，男人不再迷戀胴體，必須要面對的是真實生活時，兩人就像赤裸的國王，被看得清清楚楚。

◆◆◆

王蘭想到昨晚跟文茵通話，文茵告訴她，她會用「民法第一千零五十二條夫妻之一方以惡意遺棄他方在繼續狀態中者，向法院請求離婚。」

她聽了有點難過，她告訴文茵，失敗的婚姻，兩方都有責任，沒有說是誰的過錯，因爲一個巴掌永遠是拍不響，她問她考慮清楚嗎？勝算機率有多大？

文茵靜了一下，「那一個男人告訴她，依『民法第一千零五十七條規定，夫妻之一方，因離婚而生活陷於困難致無法維持生活者，得向他方請求贍養費。』我離婚後生活就陷入窘境，自然他要付我贍養費。」

「明軒會這麼守規矩嗎？」王蘭反問她。

文茵又一陣沉默，王蘭想到玩火的女孩，玩得起的人才敢玩火，婚姻的架構如果是建築在金錢上，跟玩火沒什麼差別，那就要看是不是玩得起這遊戲？如果認爲那只不過是一張彩票，沒中，大不了撕掉就好。如果玩不起，那就像現在，兩人在爲金錢走上最後一步棋。

王蘭停一下等文茵反應，電話那頭沒出聲，王蘭又對著那頭說，「如果他一毛錢都不給，又發現妳是在騙婚，來個反告妳，妳將怎麼辦？」

文茵像失蹤一樣，一直沒有聲音，王蘭不想等她，再次問她，「妳背後那個男人會爲妳挺身而出嗎？他真的願意等妳？還是等妳的錢？」

文茵仍然靜靜的沒有說話。

「動物本身具有強烈的佔有本能，所以一些動物會用灑尿，來做爲自己的勢力範圍，或用其他東西來跟情敵展示自己的雄威，動物都本能的保護自己所愛的東西，怎麼人類反而不會，反而叫自己枕邊人去賣身，換取金錢給自己用？這種人跟三七仔有何不同。」王蘭知道自己講話講得很重，但想到自己無端被扯進來，就生氣。

◆◆◆

文茵的錢，王蘭想到文茵有一次打電話跟她借錢，王蘭很驚訝，因爲文茵平常省吃儉用開銷不大，家裡又沒有跟她要錢，怎麼可能會錢不夠用，後來在她逼問下，文茵才說出錢是被人花掉的。

王蘭罵她笨，文茵靜靜在電話那頭沒有出聲，王蘭更是生氣，「妳應該為自己想一想，『他』真的值得妳這樣愛他嗎？」

「我們已經住在一起很久了，彼此都習慣了。」久久那頭終於蹦出話來。

「習慣什麼？他習慣跟妳要錢？還是妳習慣跟他做愛？」

「我……」

「好的習慣不用改變，不好的習慣會讓妳一輩子痛苦，妳還能上班多久？妳手上沒錢，不能上班之後怎麼辦？難道他會養妳嗎？別做夢了，現在都這樣子了，妳還期待他能為妳做什麼？」

「他有上班，只是投資失利，等到賺到錢之後，他會給我很多錢。」文茵小聲的說。

「妳知道他上什麼班？投資什麼事業嗎？」

「我不是很確定，但我相信他不會騙我。」

「還說不會騙妳？他一直都在騙妳，只是妳自己都沒發覺。」

文茵又靜下來沒有說話。

◆◆◆

看著文茵與明軒在庭上爭鋒相對，從有理性漸漸變成意氣之爭，她站在那冷眼旁觀，兩人當初就在這法庭的一角，攜手願意信守承諾，願爲彼此犧牲，因而結成連理，如今在同一個地方不同角落，彼此卻是拿著銳利的刀子，想砍斷這連理枝。

人是易變的？感情也是，婚姻自然不用說，文茵與明軒的婚禮她參予了，如今離婚官司也見證了，這是值得慶賀嗎？她想到三毛說的：「世上的喜劇不需要金錢就能產生，世上的悲劇大半和金錢脫不了關係」，人生若沒有錢是悲哀的事，但是金錢過剩則更加悲哀。

◆◆◆

結束了第一回合，文茵與明軒在法官的裁定下，必須再繼續面對第二次的戰爭。

下了法庭後明軒頭也不回的走出去，留下她與文茵，她沒有看明軒，而是等待文茵。

文茵從洗手間出來，眼睛泛紅，王蘭不知道她是爲誰在流淚，兩人默默的沒說話，走到大門後，王蘭目送文茵的背影離去。

她看著她的背影，三個人在不同時後離去，三個人走不同方向，這個起點原本是他們三個人可以交集的所在，也是他們可以維繫關係的方法，然而現在三個人一旦方向反了，還能再回去嗎？她知道自己不可能回去，「那個女人」與「那個男人」，她不去想。

①文茵想向明軒示好

文茵回到家後，跟律師詢問一些問題之後，知道自己的勝算不是很大，如果對方狠一點，還可告她不盡夫妻義務，到最後賠了夫人又折兵，因此她決定先低頭，向明軒示出善意，並重修舊好。

愛情的壽命有多長？如果愛情裡沒有金錢會長久嗎？一個不長久的愛情，誰會笨的在金錢與愛情面前賣弄愚蠢的自尊。

②文茵決定趁此機會離婚

文茵知道明軒是一個很自我的人，當他把自己鎖在外面的時候，就表示他要結束關係，而她自己在這場婚姻遊戲中，也不是很快樂，剛好在此時機做個了解，她告訴自己現在唯一想做的事，是跟律師研究，如何獲取最大利益。

金錢是萬能，但建立在金錢上的感情是廉價的，廉價的女人就如廉價的裝飾品，毫無保存價值，要不要保值只有自己選擇。

用背叛
來背叛自己

愛情如果可以隨時變卦　那愛情裡的誓言　就像空氣一樣一吹就散

這何需再去守著它呢？

靜慧掛上電話，不禁哈哈大笑，浴室內的敏祥探出頭來，「什麼好笑的事，讓妳笑成這樣？」

「不用你管！」她斜斜躺在床上，隨手抽出一根菸，她把菸放進嘴裏，再用旁邊的打火機點燃，用力的吸一下，然後再使勁的把煙吐出來，煙霧在她面前一圈圈的往上飄，飄到最後與空氣化合，化合後，一切又回到原點，似乎沒有發生過。

她再用力吸一口，同樣用力把它從嘴裡釋放出來，煙霧跟之前一樣，不斷在旁邊環繞，繞到最後只剩下菸味，她重覆不斷做了幾次，直到菸屁股快燒到自己的手，她才把剩餘的尾巴在菸灰缸上擠壓。

手上的菸空了，她再抽出一根，同樣的動作，煙味不斷被重疊，她似乎沒感覺空氣變薄了，她有一種報復後的快感，這快感讓她不自禁的笑了出來，而這臉上露出的笑容有如在抒發她內心的不滿，從電話掛上的那一刻起，就啓動了。

敏祥身上圍著一條大毛巾，走出浴室，「剛才妳……」，話還沒說完，看到她把被單淺淺的蓋在腰邊，兩個又大又白的奶子，直直的對著自己的眼睛，敏祥不由自主的把話留在空中，狠狠的看了她一眼，恨不得把那對又白又大的雙峰給吞進去，他隨即衝到她身上，她的心被挑動起來，恨不的把他溶入在自己的身體，他喘著氣，體內的血液滿的要溢出來，她也奔放的控制不住，兩人在幾番奮戰後，疲憊的倒在床上。

敏祥想到剛才講到一半的話，「妳剛才在笑什麼?笑得那麼詭異。」

「詭異?」

「對啊！妳從來沒這樣過。」

「是嗎？」她翻轉身體，讓身體正面對著敏祥的正面趴在敏祥身上，然後用手捧住他的臉，並把自己的臉密密的貼近，「我告訴我老公，我在這三級賓館跟一個下三濫在做愛。」說完，她把嘴巴停在敏祥嘴上，順便把心中那份怨氣，所有的不滿也一併移轉到他身上。

敏祥不是不知道上面的人，是人家的老婆，但當老三的曖昧滋味總是不要命的吸引他，不用爲婚姻負責，又可解決生理需求，這何樂而不爲？

「妳老公會把我給喀嚓？」敏祥推開她致命的吻，然後在脖子上做了一個手勢。

「少一個下三濫。」

敏祥哈哈大笑，把她摟得緊緊，她剝開敏祥的雙手，起身離開，拾取敏祥剛才丟掉的毛巾，往身上隨便一繞，向浴室走去。

浴室裡有一股熱氣，是先前敏祥留下來的，她微微皺眉頭，這熱氣把鏡子像糊上一張薄薄的紙，她用手輕輕劃開，鏡子裏的人一點一點一片一片的出現，最後整個輪廓全部浮現出來。

靜慧把臉移向鏡子，端詳著自己，妝已經散了，但還可以看出畫的有些濃，然後又稍爲退後一步，凝視著鏡子，五官大的大挺的挺，她滿意的笑一笑。

走出浴室的她，像洗乾淨的水彩盤，她瞄一下床上的敏祥，知道他早已進入夢鄉，而他每次在事後總是迫不及待的找周公，她已見怪不怪。

◆◆◆

她坐在窗戶邊，抽出一根菸，她把煙吐在窗戶上，窗戶隨即出現一團雲霧，她用手把雲霧擦掉，窗戶感覺清晰些，她眺望遠方，除了一棟棟高樓外，還是一幢幢高樓，她自己逃不出水泥森林，常常不是在這座水泥裡，就是另一座水泥裡，好像孫悟空逃不出如來佛掌一樣。

她望著望著，忽然一陣灼熱把她給驚醒，原來菸已經燒上來了，她把它弄熄，又再點燃一根。

「如果說女人是善變的動物，那男人更是有過之而無不及。」她望著床上的男人。

「女人可以用一生來回報男人，男人是不是也會用一生來回贈女人？」她吐了一口煙。

「女人可以不在乎男人的一切，男人也可以不在乎女人的一切嗎？女人可以包容男人外面的女人，男人可以包容女人外面的男人嗎？」她嘆了一口氣，這世界竟是這樣的不公平？

她以前不了解，還以爲男人真的是那麼寬厚，記得文健以前說：「不管妳的過去如何？現在一切重新，我是妳的第一個男人，妳是我的第一個女人，過去的妳我無法參與，過去的我妳也無法參與，但現在的妳跟我都是進行式，讓我們好好抓住現在進行式。」

說的她一把眼淚一把鼻涕，還以爲愛情活過來，現在想想愛情活不活過來，原來是取決於所謂上帝的決定，上帝認爲結束了，就是結束了，或者上帝認爲妳的錯，就是妳的錯。

而這決定她的上帝就是文健，那個口口聲聲說愛她的丈夫，她不曉得上帝竟是如此喜怒哀樂。

◆◆◆

想到過去的話言猶在耳，然曾幾何時，這些話像童話般已完全消失在空氣中。她看著床上的男人，她是他的玩物？還是他是她的玩物？她不想去深思。

看著敏祥熟睡的樣子，她感嘆著，又吐了一口煙，躺在這裡的人應該是文健才對，不是嗎？

煙霧隔開自己與敏祥，彼此像夢幻似的處在不同時空，當煙霧消失，再次看清時，她才明白原來文健沒有忘記自己的過去，她的過去只是被文健用隱形衣包著，一旦不小心碰到藥水，隱形衣就現身，存在記憶的東西不只依然存在，甚至已經烙印了。

她不想看熟睡的男人，然眼前的景物是一棟棟高而摸不著的大樓，或許文健在其中的某一棟大樓內，同樣的在做背叛的事。

「背叛？」她從來沒想到自己也在操控這個字眼，她的腦袋突然想到那首歌。

雨　不停落下來　花　怎麼都不開
儘管我細心灌溉　你說不愛就不愛　我一個人　欣賞悲哀
愛　只剩下無奈　我　一直不願再去猜
鋼琴上黑鍵之間　永遠都夾著空白　缺了一塊　就不精采
緊緊相依的心如何　Say goodbye
你比我清楚還要我說明白愛太深會讓人瘋狂的勇敢
我用背叛自己　完成你的期盼
把手放開不問一句　Say goodbye
當作最後一次對你的溺愛冷冷清清淡淡今後都不管　只要你能愉快
心　有一句感慨　我　還能夠跟誰對白

現在的她不就是「我用背叛自己，完成你的期盼」嗎?她狠狠的抽一口菸。

◆◆◆

「婚姻不是應該有防護罩保護傘嗎?」爲什麼她的婚姻什麼都沒有?她的婚姻不但沒有保護傘，卻還是一張透明的白色塑膠套，看得到卻碰不得。

靜慧把煙霧吐到空氣裡，她不知道那個八竿子早已經打不著邊的人，竟然是她婚姻的劊子手，這是上天對自己的試驗嗎?如果是，也太慘忍了。

想到英傑，這個從他離開那一刻起再也沒聯絡，早已經在她記憶裡消失的人，卻像魔鬼一樣突然打來電話，她不知道英傑如何知道她的電話，這是她想都沒想到的事。

她吸了一口煙，氣在嘴裡停留一會，她才慢慢的把它移出去，她不知道自己是如何會這樣，好像就是自然的事，就像她的煙越買越多，完全在自己沒有防備下，一點一點的改變，改變到當木已成舟時才恍然大悟，然此時已中毒太深了。

她腦海裡可以說永遠無法忘記文健的表情，文健掛完電話，鐵青著臉，一股氣好像接不上來，兩眼直瞪著她，雙眼充滿著殺氣，幾乎想把她吃掉，她被那種眼神嚇的無法動彈。

「妳的情郎找上門，我還以為妳與他已經斷了，沒想到私底下背著我做一些偷雞摸狗的事，早知道妳不能忘記他，我就不用浪費時間在妳身上，妳這水性楊花的女人，真是不知羞恥。」文健說完，轉身就走，把大門狠狠的砰一下。

她臉上一陣青一陣白，莫名其妙的被羞辱，等到她明白了，文健早已不知在哪裡。

那晚文健帶著酒意回來，她試著去解釋，酒精把文健的意識弄得一團亂，他根本沒聽進去。

第二天文健酒醒，她送上毛巾，告訴他自從結婚之後，就再也沒有聯絡，你可以罵她，但不可以侮辱她。

文健好像聽進去又好像沒聽進去，她試圖想更進一步表達，文健揮一揮手，把毛巾遞還給她，下床出去了。從那次以後，文健再也沒有準時回家過。

◆◆◆

她吸了一口菸，惡狠狠的把它吐了出來，只有這樣她才感覺心裡的悶氣有流通的機會，「什麼地老天荒？什麼在天願做比翼鳥，在地願為連理枝？」自己也單純到可以了，她輕哼了一下，自己為什麼好傻好天真，笨到把跟英傑同居的事告訴文健？

英傑是她心中的痛，十年的感情抵不過一夜之情，這是什麼世界，人的變換不應該如此迅速，難到感情這兩字是虛的，它會隨著時間慢慢變薄，在不輕易時，它就斷了？還是自己不懂的感情兩個字如何寫？或是這兩個字太沉重，自己一直覺得太穩了？

十年的付出，不只是感情，還有青春，青春是一去不復返，千金萬金都換不回來。

十年的相伴結果，答案竟是「個性不合」，這未免太慢發現了。

她把菸弄熄，接著自然又點上一根，菸比敏祥還要貼心，她雙手互搓一下，不是取暖，只是一個習慣，這習慣不知從什麼時候開始，她自己也記不起來，好些的東西在記憶中選擇性的失憶，有些東西在記憶中想要想都想不起來。

當初自己真的相信，童話中美麗的公主與英俊的王子，從此以後會過著幸福快樂的日子。兩人雖不是漂亮公主及英俊王子，但真心相愛可抵過一切，所以她不惜拋開家庭，毅然決然的投向英傑的懷抱。

她還記得母親眼眶充滿著淚水，叫她考慮清楚再做決定，然在愛情的充斥下，心中已是滿滿的愛了，那容得下空間去思考未來。

英傑走後，對她而言，那就等於失去她的生命。英傑是她的中心，是她的唯一，雖然彼此在婚姻上沒有被一張紙束縛，但兩人早已視對方爲婚姻合約中的一個選項，且是唯一的選擇。結婚只是早晚罷了，一個早晚都要做的事，又何必急於一時呢？

英傑不也常告訴她，他要賺很多錢，等到他有錢時，一定風風光光的迎娶她。

她相信英傑會做到，因此她把他的話，當作夢想與希望在期待著，心中也在盤算著自己的結婚典禮要如何的進行。

那天英傑回來時，意外帶著一束紅玫瑰送給她，她高興的像個快樂的小天使，英傑從來不送她花，他總說他送的花是永不凋謝的紅玫瑰，而這強烈代表愛情象徵的花，永遠刻在他心中，他只要她記住。

捧著花的她，突然覺得這花從虛幻轉爲實體，那必定代表著某種意義，她特別爲它清出一個捨不得用的花瓶，把它供奉在客廳最明顯的地方，而那晚英傑在床上也特別溫柔及賣力。

第二天醒來，她的意識還停留在昨晚的溫存，她希望英傑再會給她驚喜與歡樂，她看著旁邊的英傑，還沉沉的睡的好熟，她緊緊抱著他，深怕這一刻會消失，她希望那是個永恆，即使世界停轉也無所謂，她腦子也同時幻想著計畫中的白紗，屆時英傑將牽著她的手，一步一步走入她夢中的婚禮。

英傑被陽光叫醒，他看著她把自己抱的好緊，他想動又怕驚醒她，他看著她睡的好香，心裡實在不忍心告訴她，他要離開她去投向另一個女人的懷抱，畢竟這個女人跟了他這麼長的歲月。

一陣子後她悠悠的醒來，看到英傑已經醒來，英傑順勢把她再攬在懷裡，想用溫存來彌補他的虧欠，溫存後，英傑端坐起來，順手點了一根菸。

「我最近一直在想，我感覺到彼此間的距離越來越遠，可以的話，我想暫時分開一段時間，等到我們彼此調適好時，再住在一起。」英傑一口氣說完。

她愣在那裡，她不知道她跟他爲什麼有距離？昨晚英傑那種感覺，像剛同居時，第六感告訴她，那束花有問題。

「你是不是外面有女人？」她直接槍口對準英傑。

「沒有，怎麼會，妳又不是不瞭解我。」英傑的眼睛不敢看她，她心裡已經明白他外面有女人。

「你們認識多久？」

「什麼認識多久？」

「不要再騙我。」

英傑知道紙是包不住火，「上個月我們在PUB認識，她無法離開我，我也無法離開她。」

「所以，你就離開我。」英傑沒有說話，「如果我也離不開你，你會怎麼辦？」

「那我就跟她講，我們三個人住在一起。」

「三個人住在一起？」她幾乎狂叫起來。

「我打算今天搬出去。」他小聲的說。

「所以昨天特別送我花，昨晚這麼溫柔，原來是有目的，你應該送我黃玫瑰，這可以直接告訴我。」

「我並不是有意的，我還會常常回來看妳。」英傑試圖再做彌補。

她的心已被憤怒填滿，英傑就像用刀在割她一樣，她的鮮血在直流，臉上漸漸失去紅潤光彩，英傑不敢看她，趕緊下床去收拾。

她坐在床上，一動也不動，她不知道要如何面對自己，要如何面對未來，她已失去知覺失去反應。

她不知道在床上坐多久，等到意識恢復時，房子已空盪盪剩下她一個人，她看著床，昨夜那個人還跟她繾綣溫存，枕邊還留有他的餘香，怎一個晚上，那人已離他遠去，她的眼淚不聽使喚，像大雨般不停的下。

不知過多久，淚流乾了，她也明白了，原來感情是這麼脆弱，公主與王子是沒有辦法共度一生。

◆◆◆

英傑在沒有預警下離開她，文健在憤怒中把她推開，她不知自己錯在那裡？

英傑用很笨拙的方式告訴她，雖然方法不好，但起碼有對她說，但文健呢？

她把疑惑轉到煙霧上，再狠狠把吸入嘴裡的煙吐了出來，這濃厚的煙，讓她頓時看不清眼前的景象，待煙霧散了，前頭也明朗起來。

靜慧覺得自己就像是處在煙霧中迷失的人，常看不清楚方向，特別是在英傑離開後，開始把自己丟入煙霧裡。

她哼了一聲，愛情是盲目的，當初可能被眼屎矇住了，否則怎麼會落到這個下場？自己爲了討好文健，幾乎失去自我，但現在的結果與付出不成比例，她凝視著窗外，難道一切就如外面的雲，隨風而逝嗎？

文健常說：「過去的種種，在世俗的批評下，不管是對是錯，畢竟已成過去。」「婚前的錯誤，並不代表著一輩子的錯誤。」這些話似乎像昨天才說的，耳朵還感覺到文健的熱氣，怎麼一轉眼間，這些話就變成記在書上的名言，原來有些話純粹是用說的。

男人的記憶超強，特別是這方面。男人的變，真的很徹底，可以找一些理由，也可以不需要理由。

古人說：「一失足成千古恨」，她的一失足，真的成爲她的千古恨，即使她做了九十九件好事，一旦做了一件壞事，這件事就成爲她永久的印記了，她現在才感覺到人的記憶力超好，並不是如新聞上說，人是健忘的，如果是健忘的，那媒體不會一直拿別人的過去一直做文章，不會一直在炒作別人不堪的歷史，原來自己是無知到可以。

◆◆◆

她把自己放空，讓眼睛穿過玻璃，跳躍到外面的世界，她聽不到車聲，但吵雜的喇叭聲似乎就在耳朵邊不斷響起，城市永遠不會寂寞，因爲人捨不得讓城市安靜下來，白天有白天的形式，夜晚有夜晚的生活，總是讓人找不到安靜的空擋。

她望著下面的車子，忙碌的移動跟她現在寂寞枯坐簡直是對比，她的菸又燒完了，她把菸盒打開，所剩無幾，再抽出一根，就讓它接續下去吧。

床上的敏祥動了一下，她轉身回去，敏祥下床，她目送他到浴室，不久敏祥出來，走到她身邊，看了她一下，把她手中的菸接過去，吸了幾口，便把它熄掉，摟著她要她陪他睡，她把手推開，敏祥只好自己再回去。

看著熟睡的敏祥，爲什麼男人在婚前同居可以被接受，女人就不行？然而男人同居的對像是女人，爲何只指責女人而不指責男人？一個巴掌拍不響，受害者卻永遠是女人。

想著那一晚，文健踉踉蹌蹌得推門進來，身後還跟著一個女人，無視於她的存在，跟那女人摟摟抱抱的進入房間，她的血液衝上來，她可以忍受文健在外面花天酒地，但她無法容忍給她如此難堪，她追到房間，房間已被文健鎖上，她只好在門外怒喊咒罵。

文健不想離婚，他要用婚姻綁住她，給她最大的懲罰，但同時也懲罰到自己，她不懂一個破碎的婚姻它能夠綁住什麼呢？一顆心？一個身體？都綁不住，爲何要堅持死守住這婚姻的假像？難道文健對她還有愛嗎？如果有愛，爲何三不五時帶著不同女人直闖入家裡。

◆◆◆

敏祥翻了個身，再要求她陪他睡，她不理會，敏祥很快又進入夢鄉，她有點羨慕，睡覺對她來說是一件困難的事，敏祥是一個非常好睡的人，每次結束肉體關係後，他總是讓自己很狠的補上一覺，他說要讓失去的東西補回去，否則無法再面對她，她也讓他去，欲望並不是她的首要選項。

敏祥打斷她的思維，讓她想到第一次碰到他的時候，那是在美芳牽引下，兩個人去看「情挑六月花」，電影結束，她問他想去哪裡？

他說沒有，她說要去賓館，問他敢不敢，他遲疑一下，又猶豫一會，她沒讓他想很多，直接就拉他進去附近的旅社休息，到房裡，她也沒讓他思考，就把他推到床上去，兩人就是這樣建立彼此肉體友誼關係。

她跟電影的主角一樣了，但她不想當個演員，也不想當電影中的女主角，所以她不冀望有情人終成眷屬，她只希望文健還她自由。

她用手輕輕彈掉灰色細末，目視著它不斷往前衝，有如過河卒子，只有邁步向前，想著它蠟盡成灰時，就被人彈掉與塵土合一，她提早送它走完這一程。

她把菸屁股擰熄放入菸灰缸，這淺淺的菸灰缸幾乎已經沒空間了，她把快被塞爆的菸灰缸拿到垃圾桶去倒，回來後，她習慣性的再拿出一根，煙又繼續在空氣中徘迴，她把菸像仙女棒一樣一支接著一支點，她想到賣火柴的女孩，在微弱的星火中，想像美好的事物，雖是夢境，但在最終的那一刻，是滿足而去，這未嘗不是另一種選擇？

敏祥鼾聲，穿進她的耳朵，靜慧看著他，他是她的一個棋，一個離開婚姻枷鎖的棋，她不知道他何時被自己宰割，或者自己何時被他拋棄，然不管誰先背叛誰，靜慧告訴自己，她必須與文健做一個了結。

大 抉擇

①靜慧心中仍期待文建

靜慧看著敏祥，想到文健，兩人的婚姻已淪落到各玩各的，那就玩吧，看誰有本事，看誰玩的久，靜慧爲自己悲哀，然她更恨自己心中還存有一點期待。

她再看一眼熟睡的男人，她突然厭惡起來，靜慧熄掉菸，穿好衣服，看了敏祥一眼，關上門。

她走在熙攘的街上，熟悉的城市，陌生的行人，她不想孤獨的自己走下去，她朝著文健的辦公室方向，她知道文健會驚訝，但她必須要這樣做，她要給自己機會，重新找回他們過去恩愛的生活。

每一個人都有權利成爲幸福的人，愛一個人的幸福是什麼？想他，愛他、爲他幸福而高興，使他幸福而努力去做。

②靜慧對男人不再期待，決定脫離婚姻

靜慧想到文健跟自己荒唐度日，覺得自己很愚蠢，當她回頭看熟睡的敏祥之後，她突然非常厭惡這個人，也非常討厭起自己，她告訴自己應該堅強起來，不該像菟絲花一樣一直依附在男人身上，於是她把菸抽完，穿好衣服，走出這個水

泥森林，她要去跟文健談，不管他答應還是不答應，她一定要讓自己走出這婚姻泥沼。

幸福如果建立在別人身上，就如建在危樓上，隨時會擔心倒榻，幸福應該建立在自己身上，這種幸福才真的幸福。

你依舊是我的朋友

人一輩子有很高的比率選擇錯誤　但這錯誤的選擇　未必都是不好
而其所謂好壞　就在於用什麼態度看

走出機場大門，娟娟深深吸了一口氣，五年了，她終於體驗到遊子的心情，她拖著行李，四處張望一下，還好沒什麼變化，回家的路還找得到。

原本麗芬要來接她，她拒絕了，現在她一個人悄悄的出現在機場，就如幾年前她悄悄得從這裡出去一樣，她希望回歸到原始點。

車子很快就來，她抱起行李，上了車，她找到一個靠窗戶的位置，坐上位置後，心情反有點不安，對於自己不安的心，娟娟覺得非常好笑，不過也讓她明白到什麼是「近鄉情怯」，畢竟五年沒回過家，家依舊是家，自己卻已不是當年的自己了，現在的她，正是數著時間回家的遊子。

車子在高速高路上快速疾駛，窗外的景致，就像幻燈片一樣，一張一張的，她想到當初也是在一張幻燈片的刺激下，毅然決然地拎起包包，遠渡重洋到一個陌生國度。

娟娟回想過去，還真感謝那場演講，當頭棒喝地把她敲醒，否則自己或許還走不出那段傷痛。

她記得麗芬拉她去聽演講，演講的人最後秀了一張幻燈片，上面寫著：

失敗並不是意味你是失敗者，而是表示尚未成功；
失敗並不是意味你是一無所成，而是有所體悟；
失敗並不是意味你是個呆子，而是信心無限；
失敗並不是意味你是有失體面，而是願意嘗試；
失敗並不是意味你是未曾擁有，而是另覓他途；

失敗並不是意味你是拙劣的，而是表示得重新出發；
失敗並不是意味你是應該放棄，而是努力嘗試；
失敗並不是意味你是永難成功，而是更費時些；
失敗並不是意味神離棄了你，而是神另有用意。

演講者說：「這是我的人生座右銘，生活中常會碰到失敗不如意的事，這些事情端看你用什麼態度面對。有一次我去買玫瑰花，我小心翼翼的拿，深怕被玫瑰刺到，花店老闆告訴我一句話：『如果你知道如何拿它，它就不會刺傷你。』生活也是，如果你知道如何把握每一個時刻，那它就不會傷害到你，記住，那是你的生活，沒有人可以拿走你的生活。」

聽完演講後，麗芬也告訴她，「生活是自己過的，何須為一個已成事實的事情，干擾到自己下半輩子的人生？」

娟娟自己想想也對，人家已經娶了別人，自己還期待什麼？難道要等他離婚或者做他的地下情人？這不是她人生的選項，既然不是，那又何必陷入自我設定的深淵，後來她告訴麗芬，她要去美國念書，麗芬舉雙手贊成，當時她的離去只有麗芬一個人知道，現在她的歸來，她也只有告知麗芬一個人。

車子很快就進入市區，台北依舊是自己離開前的台北，她下了車，拖著行李，她想要去一個地方，那是麗芬為她餞行的餐廳，麗芬說她們兩犯煞氣，去過的餐廳往往經營不久，她現在想知道那家餐廳還在嗎？

娟娟跨越書店街，沒多久轉入一條巷子，娟娟很興奮看到招牌還在，她終於證明自己沒有帶煞了。

◆◆◆

「昨晚我睡不好，輾轉了一個晚上，想我們的過去，又想到妳一個人在美國的生活，心裡很感慨。」麗芬帶著哽咽的聲音說。

「我現在不是好好的到妳家。」娟娟說。

「就是因為這樣，我才感慨，妳知道嗎？我有時覺得妳沒有跟那個人結婚是對的。」麗芬看著娟娟。「妳知道嗎？他變了很多，好似換了一個人。」

「為什麼？」娟娟非常驚訝。

「不知道，但其他同學說，奪來的婚姻怎麼可能幸福。」

「奪來的婚姻？」娟娟不相信自己的耳朵。

「對，奪來的，素素趁妳不在把他搶過去。」麗芬說。

「這跟當時志雄說的不一樣？」娟娟說。

「當然不一樣，這個最新消息，是去年才曝光的。文華去年碰到素素，看到素素瘦的不成人樣，一問才知道，整齣故事是她改寫的，因為我們都很納悶，你們這穩如磐石的班對，怎麼在沒有風浪下，說拆就拆，妳不覺得可疑嗎？」麗芬看著臉上沒有表情的娟娟，「或許妳的心情跟我們不一樣，但我們私下一直覺得有鬼，志雄從來不跟素素在一起，怎麼會跟她結婚？」

娟娟哦了一聲。

「那天素素跟文華說：『她很後悔做了這件事，她說她不該拆算你們。』」

麗芬眼睛注視著娟娟。

娟娟看了一下麗芬，「現在講這有用嗎？」

「是沒有用了，不過文華說，志雄從來沒有喜歡過素素，這是素素親口跟她說的。」

「不愛她？那她爲什麼要嫁給他？」娟娟淡淡地說。

「但素素愛他，妳知道嗎？素素從大一就暗戀他，所以她當然願意嫁給他。」

「暗戀？我竟然沒感覺，我一直以爲素素跟我是好姊妹，難道她是因爲志雄才跟我這麼好？如果是這樣，她的演技真的很好，好到我一點都看不出。」娟娟的聲調稍微提高，之後她又回到淡淡的語氣，「我們這麼親近竟然沒發現，唉！那她會跟他結婚是理所當然。」

「什麼理所當然？」麗芬不滿說，「那是她用計，否則志雄怎麼會上鉤。」

「一個願打一個願挨，怎麼會是用計，何況志雄又不是小孩子。」娟娟不想聽麗芬爲志雄找理由。

「是真的？畢業前我們不是有聚餐嗎？那天妳沒去，素素拼命灌志雄喝酒，結果志雄喝醉了，解散後，素素志願送他回去，我們沒多想，認爲素素跟妳的關係，送他回去一點也不爲過，那曉得，就這樣送出問題。」麗芬停了一下，看了一下娟娟，「素素藉機引誘他，他醉茫茫以爲是妳，兩人於是發生關係，素素也真幸運，一次就中獎，妳是知道志雄這個人，既然懷孕當然就娶她了。」

娟娟沒有回應，眼睛穿過麗芬，眼眶強忍著淚水，造化弄人，「她小孩子應該上幼稚園了？」

「他們沒有孩子。」

「她不是因爲懷孕而結婚，難道懷孕是假的？」娟娟很吃驚。

「不是，素素真的懷孕，但後來流產了。」

「還可以再生。」

「是啊！不過志雄不再跟她同床。」

「那這還算婚姻嗎？」

「對啊，如果是我早就離婚了。」麗芬看著娟娟說。

「那素素怎麼過？」

「含著淚水過。」

「這又何苦。」娟娟反而有點不捨。

「文華說她有勸素素離婚，素素不肯，她說她相信志雄終有一天會回到她身邊。」

「這又何苦？這不是找罪受嗎？」

「上個星期碰到文華，問她素素好嗎？她說還能好到哪裡去，她還偷偷告訴我，她有一次在路上碰到志雄，志雄摟著一個女孩，看到她，他說這是他的女朋友，文華後來打電話給志雄，問他怎麼可以這樣，他說他的人生被毀了，現在只不過再爛一點，說完就掛上電話。」麗芬講完，偷偷瞄一下娟娟，看她的反應，娟娟臉上沒做任何變化，「文華告訴我，志雄在自我摧毀。」

娟娟站起身跟麗芬說要去洗手間，麗芬看她的背影有點搖晃，娟娟把門上鎖，盡情的哭，她以爲自己已經沒有眼淚了。

她擦乾眼淚，走出洗手間，麗芬看到她眼睛紅紅的，「我不該在妳傷痛好的時候，再跟妳提起，我只是不想讓妳一直被蒙在鼓裡，我認爲對你們三個都不好，特別是志雄，我不希望妳就恨他一輩子，事實上，他非常痛苦，常常喝酒，站在道義上他活該，但以同學立場看他，又覺得他很可憐，所以才告訴妳。」

「是嗎？剛開始我確實很恨他，四年的感情竟然是這樣的下場，對我來說情何以堪？後來時間就是最好的藥，我慢慢體驗到，這不過是人生的一個小插曲，既然是插曲又何必這麼在意？所以我後來並沒有恨他了，反而是感謝他讓我人生有這段插曲，增添我人生閱歷，我只是沒想到，結果跟我想的差很多。」娟娟說。

「大家都被騙了，志雄也背了『背叛者』的罪名，」麗芬說。

「妳可以爲他洗刷罪名。」娟娟告訴麗芬。

「我沒有資格，最有資格的是妳。」麗芬反告訴娟娟。

「我都消失了。」娟娟不想再踏進這三角關係。

「說的也是，一切還是由自己承擔。」

「等一下文華要來跟妳接風。」

「真的嗎?她婚姻美滿嗎？」

「還不錯，文華要生了。」

「真的？」

◆◆◆

離開麗芬家，娟娟的心是五味雜陳，她手上拿著一張紙，是剛才跟文華道別時，她塞給她的。

「這是志雄的電話，我想了很久，最後我還是抄了下來，我並不是要妳介入他們的婚姻，而是希望妳能鼓勵志雄，讓他重新站起來。」文華握著她的手。

文華的手隨後又緊緊抓住她，「妳去美國的第二年，志雄才知道，有一次我們碰面，他在我面前哭，他說他很對不起妳，失去妳是他這輩子最大的遺憾，我當時安慰他說：『緣份不一定是要在一起，但曾經擁有過，已經是很幸福了，上帝有新任務要給娟娟。』我同時也要他珍惜素素，只是他一直沒有走出來，他一直有罪惡感，他說他這輩子將背著『遺棄者』的罪名，我可以理解，我們班上的同學對他都非常憤慨與不滿，他為著素素的名聲，獨自扛下，當然他自己也要承擔部分責任。」

文華講完話之後，停下來看了娟娟一下，娟娟臉上沒有任何表情，「我曾問他如果不想結婚，為什麼不把孩子拿掉，他說不是他不想，而是素素不肯，素素堅持要有一個與他共同回憶的東西。」文華接著繼續說下去，她的手一直抓著娟娟沒放掉。

娟娟依舊靜靜地聽，淡定的表情讓文華有些心急，也有些不捨，她嘆了一口氣，「可惜，人算不如天算，素素在三個月時流產了。事實上，素素懷孕的時候身體就很不好，志雄根本不管她，她自己也承受第三者的污名，所以在內外雙重壓力下，她沒有保住小孩，她當時哭得非常傷心，她說她再也不會有志雄的小孩了，我當時安慰她說再懷就有，她一直說不會有了，我不明白，到後來我才知道是什麼意思，志雄根本不碰她，我不知道志雄的心在想什麼，他折磨她，同樣也是在折磨自己。」

文華停下聲音，看著娟娟，「我今天來就是希望妳站在曾經是同學也是親密愛人的立場上，去幫助志雄，我知道有些爲難，但我實在看不下去。」

娟娟忍住淚水，不讓眼淚流下，她看了一下文華，隨即把頭低下。

「麗芬也有跟妳說吧，我們倆商量下，擅自做的主張，妳可以接受，也可以不接受，我們都不會怪妳的。」文華又說。

「讓我回去想想。」娟娟終於開口了。

「當然要。」文華看娟娟的反應，心裡很高興。

娟娟握緊手上的東西，熟悉的名字，陌生的電話。

◆◆◆

「娟娟回來了。」文華告訴電話那頭的志雄。

「……」

「你有在聽嗎？」文華再問。

「有，什麼時候？」志雄勉強的回應。

「上星期，我跟麗芬幫她接風。」

「她還好嗎？」志雄問的很小聲。

「很好，剛拿到另一個博士學位，現正在考慮回來，還是繼續留在美國？兩邊都有工作等她點頭。」

「恭喜她。」

「你要不要當面跟她道賀？」文華問。

「我？別開玩笑，我有什麼資格？」志雄趕緊拒絕。

「爲什麼不行？她又沒有恨你。」

「她沒有恨我？」志雄有點遲疑。

「你認識她多久了？她的心胸有這麼狹小嗎？」

「沒有，但，是我的問題。」志雄有些心痛，「我沒臉見她。」

「如果她要見你呢？」文華試探他。

「我不知道？」

「你沒有男人的氣魄。」

「……」

「我知道你的心情，但很多事情必須說開，該道歉該賠罪的，還是要去面對，你可以逃避一輩子，但你的良心卻沒有辦法，解鈴人仍須繫鈴人，逃避不是最好的辦法。」文華生氣志雄又要逃避。

「她真的不怪我？」他再次問她。

「我不是說了，如果你還猶豫，自己去問不就好了。」

◆◆◆

志雄一大早就起來，素素很驚訝，看著志雄臉上興奮的表情，她的心在絞痛，她裝做若無其事，替他準備早餐，兩個人默默吃完飯，志雄回到房間，在房間來回踱步，素素靜靜聽他的腳步聲，沒一會，志雄穿起平時很少穿的衣服，素素眼睜睜的看他開門出去。

他提前到餐廳，這是他們第一次約會的地方，他選角落的那個位置，這也是他們當初坐的。

他不停看手錶，心裡緊張又忐忑，他沒想到娟娟會主動打電話給他。

他喝了第三杯水，不安的情緒仍然持續著，他在盤算到時如何開口。

「我還以為這家餐廳不見了，你知道嗎？我跟麗芬去過的餐廳，往往去不到幾次就倒閉了，你命裡帶有福氣，到現在這麼多年了，它還開著。」娟娟坐下來看看了一下四周。

「是嗎？」志雄笑的靦腆。

「很驚訝我會打電話給你吧？」娟娟看志雄。

「我有點錯愕，但我很高興，因為你願意跟我見面，我可以當面跟妳道歉。」志雄鼓起勇氣說。

「你以爲我還在恨你嗎？」她看他。

「……」他沒有說話。

「如果是我，我也會這麼想」，娟娟停了一下，「不過當我知道你的窘境時，我反而爲你擔心，我們認識這麼多年，你的個性我是了解的。」

「我不曉得該如何補償妳？」

「你要補償我？你拿什麼補償呢？離婚？給我錢？還是把時間還給我？你做得到嗎？」她望著他。

「我可以做到的是前兩項。」

「那素素怎麼辦？」她問他。

「我從來沒有愛過她？」他告訴娟娟。

「可是素素非常愛你，而且是無怨無悔，你忍心嗎？」娟娟說。

「我知道，只是我真的沒有辦法愛她。」

「你有試過嗎？」

「試了，但都失敗，每次我想到那次酒後，我心痛得很厲害，也很恨，因爲恨，我更無法去接受她。」志雄痛苦的說。

「這不是我認識的你。」娟娟看著志雄，「我以爲你會勇敢面對。」

「我已經面對了，但結果就是現在這樣。」志雄很無奈的說。

「我不覺得你有面對，我認爲你在逃避。」娟娟看著他說。

志雄一臉錯愕，「如果我當初逃避，現在跟我結婚的是妳不是素素。」

「如果你沒有逃避，爲什麼讓彼此生活過的這麼苦、這麼痛？」

「妳知道跟不對的人結婚是什麼滋味嗎？」他有點憤怒。

「我不知道，但我看到的是你的痛苦及素素的淒涼。」娟娟說，「如果早知道，你是如此面對這樣的婚姻，那我當初退出就不值得。」

「妳是被迫退出，我是被迫加入，我們兩個都是受害者。」

「我不覺得是受害者，人生有很長的路要走，這麼快斷定，我認爲稍嫌過早，或許我們兩真的結婚了，反而是不幸福也說不定。」

「不可能，我們彼此都這麼了解對方，也彼此這麼愛對方，我們一定會幸福的。」志雄很堅信的說。

「五年前如果你這麼跟我說，我會相信，但五年後的現在，我會有問號，我不是說我們會過得不好，而是因爲人隨著年紀增長，很多思想觀念會改變，當彼此的腳步不同時，佳偶也會變成怨偶。」娟娟看著他，「素素她始終把你擺在第一位，她的變化比我少，對你來說未嘗不是件好事？」

「妳今天約我就是要說這嗎？」

「不是，我是想來找昔日的好朋友。」娟娟說。

「我們嗎？」

「我希望不要因爲已發生的事，讓我們無法繼續成爲好友。我希望我們可以回到學生時單純的同學間的友誼。」娟娟看著他，「你一定覺得很奇怪，當初是你拋棄我，我竟然沒恨你，反而回過頭再找你？」

志雄點著頭。

「來之前，我想了很久，我剛開始不知道自己做得到還是做不到，但後來想想，如果我過去真的愛過你，那我應該看的是你的幸福，而不是痛苦，如果我自己無法釋懷這層，我們一直會有疙瘩，你也會愧疚一輩子，既然這樣，爲什麼我不伸出友誼的手，讓彼此真正放下。」

「我們可以不做朋友嗎？」他怯怯的說。

娟娟伸出手，「沒有比朋友更適合我們了，來，我們握手達成共識。」

志雄手沒有伸出，娟娟硬把他拉出，「從今以後，我們是同學兼朋友。」

娟娟拿起杯子，「來，乾杯，算是爲我接風。」她一口喝乾，「希望下次見到你的時候，是跟素素一起來，我好久沒看到素素了。」

◆◆◆

在他們位置的附近，有一個人偷偷的拭淚，她是素素，她看著志雄跟過去行爲不一樣，心想他一定是跟娟娟見面，所以偷偷的跟過來，果真如此，她頓時心有如被刀割，不過她還是偷偷坐在他們旁邊，聽著他們的對談，娟娟的話就像無形刃，讓她眼淚流不完，她等到他們離去後，把眼淚擦乾，她知道自己應該把志雄還給娟娟了。

大抉擇

①素素仍然與志雄生活在一起

素素擦完眼淚，看著他們兩個離開之後，自己也起身出去，她到市場採購志雄喜歡吃的食物，然後她打電話給文華，跟文華要娟娟的電話。她跟娟娟約好到家裡吃飯，晚上志雄回來之後，看到娟娟非常吃驚，娟娟則高興的跟他打招呼。

吃飯的時候，素素慎重跟娟娟對不起，也誠懇的跟志雄表達她對他的愛意，希望志雄忘掉過去，重新交往。

愛的本質是單純與溫柔，愛也自有愛的藉口，如果一個女人對所愛的人，埋藏自己的感情，她也許就失去了得到他的機會。

②素素跟志雄離婚

素素擦完眼淚，走出餐廳，陽光刺的她眼睛張不開，但她卻如陽光般的開心，因爲她已掃除心中的陰霾，她明白到什麼是愛了，就如娟娟說的，如果她真愛志雄，應該看到的是他的笑容，而不是痛苦的表情，所以晚上她告訴志雄，趕快去把娟娟追回來，不要再錯一次。

愛是一種付出，如果你的愛沒有引起對方的共鳴，那麼你的愛是不幸的，就別輕易將自己的心打開，因爲愛是選擇的。

你的家，我的家

婚姻是人生的終歸選項　但如果這個項目　只有虛有其表而無實質作用　那婚姻的存在性有必要嗎？

目送張偉的車子離開，茜茜拿起手機，「我現在已經回到家了，你呢？」

「我還沒有。」

「建！記得買些東西回去，不然你媽會唸，再告訴你媽，我要加班。」

「我知道。」建中掛上電話，「我跟我老婆這星期是各自回家。」他對躺在旁邊的美萱說。

「你們是一對不像夫妻的夫妻。」美萱說。

「沒辦法，誰教我們是拿人薪水的，老闆說什麼我們就要做什麼。」建中說得很無奈，「不過就因爲這樣，我們才可以在一起不是嗎？」他睥睨她，她趕緊把棉被拉起來，她知道建中要開始搔她的癢，她怕人家搔。

◆◆◆

茜茜整理好心情，推門進去。

「只有妳一個？建中呢？」

「他要加班。」茜茜回答，她知道她媽會問那些問題。

「那他過年會不會回來？」茜媽邊放碗筷邊問。

「現在還不確定。」茜茜在一旁幫忙。

「都快過年還不確定，你們到底是做什麼大事業。」

「媽！我們是領人薪水的，那有這麼好，自己想做什麼就做什麼。」

「妳跟建中已經好幾年沒回來過年了。」茜媽提醒她。

「我知道，但我們過完年不是有回家嗎？」

「那不一樣，中國人就是講團圓，搞不懂你們現在年輕人想什麼？大過年竟

然跑到國外去。」茜媽嘀咕著。

「媽！時代不同了，何況台灣沒什麼好玩，每到過年人擠人的，這怎麼玩，妳今年要不要也出去玩，我跟建中幫妳出錢。」茜問她。

「算了吧，那那有年味，要玩平常去就好。」

「很多老人家也都跟著流行哦？」茜再試探問她。

「沒興趣。」

母女倆在客廳看完八點檔連續劇，又看了韓劇，茜茜看到旁邊的母親在打呵欠，「媽！這麼晚了妳去睡覺，我也該回去了。」

「不住下來嗎？」

「我明天要加班。」

「哦！那什麼時候再回來？」她問她。

「不確定，有空我就會回來。」茜轉身開門。

「下次叫建中也一起來，我已經有一段時間沒看到他人了，唉！你們這那算夫妻，兩人住不同地方。」
「好，下次建中休假，我叫他回來。」
「你們商量一下，看誰換工作，換到對方那邊去，這樣才能過正常夫妻生活。」
「是！我們盡量，如果找到合適工作。」
「這句話不要一直掛在嘴上。」茜媽看著女兒，無奈的說。
「好！媽我要走了。」茜茜關上門。
「怎麼這麼久，快來不及看晚場了。」車上張偉說。
「我媽一直跟我說話。」
「妳媽跟妳說什麼？」
「還不是一樣。」茜茜繫好安全帶。
車子緩緩在巷子行駛，駛出巷子，車子加速油門，一下子不見了。
◆◆◆

離開美萱，建中依照茜茜的吩咐買了一些東西回家，這星期是各自回家時間，他把東西放在地上，從口袋掏出鑰匙，然後把東西拎起，隨手關上門。

「茜茜怎麼沒跟你回來？」

「她加班。」建中。

「這麼忙嗎？那有媳婦不回來的？」

「媽！上班的人加班是很正常。」建中不耐煩。

「我知道是很正常，但她也加的太多了吧，有那家媳婦像她這樣，看不到人影。」

「每家公司生意狀況不同，現在不景氣能加班是福氣。」

「是啊！加班是福氣，那我就沒福氣了，人變老了，孫子也沒得抱，還要服侍你。」

「我不是叫你不要煮，我在外面隨便吃一吃就好。」建中有些不高興。

「怎麼可以隨便吃。」她把煮好的菜，端到餐桌上去。

「不然，妳又要唸，她也是不得已。」他走到電鍋旁，盛了兩碗飯。

「是！是！你們都對，只有我想法不對。」

「媽！妳又幹嘛，動不動生氣。」

「我怎敢生氣，媳婦回不回來是她家的事。」

「媽！妳真是的。」建中放下手邊的碗筷，站了起來。

「吃飽了？這麼快。」她有點錯愕。

「吃飽了，等一下我要趕高鐵回去，明天一大早要開會。」

「這麼趕，幹嘛回來。」

「回來看妳，不然又說我沒回來，反正現在高鐵這麼方便。」建中說完，走到客廳去。

「茜茜什麼時候才不需要加班？過年快到了，她會回來嗎？」

「我不清楚，明天我打電話去問她。」

「你們這還算是夫妻嗎？一年見不到幾次，叫她不要工作了，趕快趁年輕生個孩子。」

「好！我們也在考慮，不過現在想趁年輕時候多賺一點，然後她辭去工作，在家帶孩子。」

「那要快一點，否則年紀大了不好生。」

「知道了。」

建中看了一會電視，然後把電視關掉，「媽！我時間快來不及了。」

「這麼快，路上小心。」

「會的。」

建中走下樓，從口袋掏出手機，「我現在要出門了，妳在老地方等我。」

三十分鐘後，建中拉著美萱的手走進Motel裏去。

◆◆◆

「茜！在忙嗎？」建中從電話那頭傳來聲音。

「還好，有什麼是嗎？」茜茜把手上的文件放下。

「我媽問說，過年要不要回去？」

「我媽也是，她說好久沒看到你。」

「今年我們就不要出去了，我耳朵快被唸聾了。」

「我考慮看看，」茜茜換一隻手拿電話，「如果回去過年，要住幾天？」

「今年假期比較長，最其碼要兩天才不會被唸。」建中說

「兩天？會不會太長？」

「難道吃完飯就走？不好吧！」

「你知道你媽的個性，兩天我不是被嫌到一無是處，到時我可能忍受不住，萬一我講話超過怎麼辦？」茜茜說。

「我會幫你。」

「你幫我？到時我更慘，你就饒了我吧。」

「不然，妳要怎麼辦？」建中把問題丟給茜茜。

「我等一下打電話給你，我先把工作完成，順便想一下。」茜茜掛上電話，

把桌上的資料整理好，隨後她拿起電話。

「偉！在忙嗎？」

「還好，妳說。」

「建中要我回去過年，如果回去，我們的計畫泡湯，如果不回去，我會被他媽跟我媽唸死，你說我要怎麼辦？」

「那就回去。」

「我們的計畫怎麼辦？」

「不然勒！」

「我想過年前先回去住，然後過年照原定計畫。」

「妳還要跟他住在一起？」張偉有點不高興。

「他還是我法律上的親人欸。」

「隨便妳，妳想好就好。」

「謝謝你，我就知道你最好，今晚我會好好補償你。」

「妳說的？」

「是！我的陛下。」

茜茜親一下，把電話闔上，她看了一下日曆，用紅筆圈了幾個日子後，她又拿起電話。

「建！我想了一下，我手上的案子要在年後交，所以我過年可能要趕工，所以我想過年前先回去，過年你自己計畫過，今年就不跟你了。」她把心中擬好的話告訴建中。

「我媽一定會唸。」建中說

「我知道，不然不要回去嗎？現在離過年還有三個禮拜，一個禮拜我去你家，一個禮拜你去我家，你看這樣好不好？」

「真的要這樣嗎？」

「你有更好的方法嗎？」

「好吧，那就照妳的意思，先回妳家還是我家？」

「我家。」茜茜說。

「那我禮拜五去接妳。」

「好！」

◆◆◆

「等一下到我家，你不用特別買什麼，只要買一些水果就好。」茜茜電話裡跟建中交代。

茜茜掛上電話，把桌上清乾淨，無聊得等建中，沒多久電話響了，茜茜匆忙下去，建中在樓下等她。

「我買這些水果。」建中跟茜茜說。

茜茜上了車，看了後座兩三樣水果，「難怪我媽這麼疼你，妳都買她愛吃水果。」

「這是一定要的。」建中很得意。

「最近很忙吧，可別把身體弄壞。」茜媽看到建中趕快過來。

「我會照顧自己。」

「我們茜茜也真是的，把老公放在一邊不管，你可以照顧自己嗎？如果不行，就叫茜茜辭職。」

「媽！不用啦，我都這麼大了，茜茜喜歡上班，她如果沒上班，反而會不快樂。」

「茜茜有沒有聽到，建中這麼關心妳。」

「是，聽得很清楚。」

「肚子餓了吧，茜茜把桌上擦一擦，馬上可以吃飯了。」

吃完飯，建中幫忙收拾碗筷，並且接手洗了碗筷，茜茜在旁邊切水果，兩人順便清理了廚房。

「媽，吃水果，這是建中特別挑的。」茜茜遞了一塊給她媽。

「好甜，建中下次教茜茜挑水果，不然茜茜什麼都不會。」茜媽看了自己女兒，「建中以後你們打算在那兒買房子？」

建中看一下茜茜，「看茜茜的意思。」

「現在房子這麼貴，過幾年存比較多錢時再來看房子。」茜茜回看一下建中。

「錢長四腳人長兩腳，很難追上，你們先去看，頭期款我幫你們付一些。」

「媽！那是妳的養老金，怎麼可以，我們自己會付。」茜茜說。

「我看你們一人住一邊，這不是好現象，夫妻分開久了，再好的感情也會淡掉，趁大家感情還很濃時，趕快在一起，這樣我也可以早點抱孫子。」

「媽！妳想太多了，我跟建中不會的，建中你說是不是？」茜茜看著建中

「媽！茜茜說的是，我們只是暫時這樣子，又不是長久。」

「希望是這樣，畢竟分開久不是一件好事。」

◆◆◆

茜茜拿出化妝盒，在臉上淡淡的上一層薄粉，補完之後，用鏡子左看一下，右看一下，然後把化妝盒收進皮包裡。

「快到家了妳還畫。」開車的建中從後照鏡看她一眼。

「就是快到了才畫，這樣才有精神，我好怕被妳媽看到我素顏，看到了素顏到時會不會又說我配不上她兒子。」茜茜帶點玩笑的說，但心中卻很清楚她的婆婆，也就是建中的媽，未嘗不會這樣。

「我不會就好。」建中眼睛直視著前面。

「如果你會我想我也不在這車子上了，對了，待會繞到超市去買一些東西。」茜茜對著開車的建中說。

「買現成的就好。」建中打左轉方向燈。

「現成？你開玩笑吧？請問我能買現成東西回去嗎？」

建中苦笑，「今天就委屈妳了。」

兩人提著大包小包進了屋內。

「記得回來喔？」

茜茜裝做沒聽到，直接把東西放到廚房去。

「我可不會餓死，不需要買這麼多。」

「媽！我們也是一片孝心，妳幹嘛這麼說。」建中聽不下去。

「一年才回來幾次，這些東西能吃一年嗎？」

「妳就是這樣。」建中嘆了一口氣。

茜茜把東西放下，回到房間把皮包放好，順變換了一件輕便的衣服，建中進來，「妳就裝做沒聽到。」

「我本來就沒聽到。」她換好衣服，「我去廚房準備。」

「給我媽弄就好，妳弄她會唸不停。」建中拉住她。

「現在被唸，總比她到處說我不做事還好吧。」她用力甩開他的手。

「那出去時候，把耳朵閉起來，什麼話都不要聽。」他知道她很生氣。

茜茜把青菜放到盆子去洗，把其它的分別分裝一小袋，放入冰箱。

她把所有的菜洗好切好，開始起鍋，油冒了煙，她趕緊開抽油煙機，也趁油熱時，把菜放下去煮。

「這樣切怎麼吃？」

她被嚇一跳，「可是我已經切好了。」

「這菜要切五公分，妳切了三公分，到時候煮出來像樣嗎？」她指著鍋裡的菜說。

茜茜沒說話，「妳看，這肉不能這樣，妳要整塊下去煮，到時才可以切，這不能放蒜，………。」

茜茜把鏟子鏟得很大聲，她把菜一道一道的放，也一道一道的鏟上來，最後把所有的菜都煮好了，她走出廚房，把餐桌擦乾淨，再回廚房把菜端出來。

「她根本不聽人講，五公分切成三公分，肉要白切她卻偏偏拿去炒。」

「媽！換個口味吃也不錯，妳不要再挑剔了。」建中看著茜茜的背影，很無奈的說。

「我煮了幾十年，怎麼煮我比她懂。」

「我知道，下次我叫她照妳的方法。」

茜茜把所有的菜擺好，建中走到她旁邊，小聲跟她道歉，講完，建中回頭，「媽！可以吃飯了。」

「能吃嗎？你們吃吧。」

「就算不能吃，菜也煮好了，就勉強吃一些。」他走過去拉她過來，她看他一下，無奈的跟了過去。

茜茜把裝好的飯，放在她面前，「妳裝這樣叫人怎麼吃？」

「媽！這八分滿剛好。」建中說。

「如果客人來家裡做客，看到這樣還以爲我們捨不得給他們吃。」

「現代人都吃得很少，太滿反而吃不完。」建中緩頰氣氛。

「這是禮貌。」

建中拿起她的婉，幫她添滿，「這樣不失禮了。」

吃完飯，茜茜收拾好廚房，回到房間，換掉衣服。

建中看她進房間，馬上跟過去。「妳要去哪？」建中問她。

「你說?·當然是回去，這樣下去我很怕我會克制不住。」茜茜沒看他，逕自收拾東西。

他走過去抱她，「我知道妳的委屈，求求妳再忍耐一下。」他邊講邊撫摸她，「我們已經很久沒在一起。」

她推開他，但他卻抱得越緊，她無奈只好任由他了。

◆◆◆

如往常一樣，茜茜定期去看建中，只不過這次她提前一天到。

當初結婚時，兩人還住在一起，後來建中公司要他到南部去管理技術部門，建中希望茜茜一道去，茜茜捨不得放棄現在的工作，她告訴建中讓她再上班幾年，這中間順便留意南部的工作機會，建中只好自己先到南部去，只是幾年過後，茜茜一直沒找到喜歡的公司，兩人就變成一南一北，一下他上來，一下她下去，這星期茜茜下去，因有年假可休，她就提前一天下去。

茜茜帶了小包行李上樓，她把東西放到房間，開始收拾屋子，建中的襪子依舊是隨地亂放，她把椅子上的衣服及地上的髒襪，收拾好拿去洗，茜茜整理好客廳，又到廚房去整理，然後回到房間去，這次房間還好沒很亂，她把床罩棉被套全部更新，把換下的拿出去。

整理好房間，她取出自己的東西，把她放到櫃子去，她打開櫃子，櫃子多了一個箱子，她把箱子拿出來，把自己的東西放進去，隨後她打開箱子，箱子一打開，她的臉色大變。

她翻閱裡面的東西，沒有一樣是她的，她闔上箱子，把自己的行李取出，把箱子放回去。

她頽喪的坐在地上，張偉說的沒錯，正常男人沒有人可以控制自己的下半身，她沒有想到這點，她也沒有去想到這點。

她突然想到不知從那個時候起，建中要去看她的日子，他都說要開會，或者出差，而她要下來的時候，他也說他要加班，或者陪老闆應酬，原來老闆就是「她」。

想到建中的老闆是躺在自己位置的人，茜茜有點失落，也有點難過，她不知道誰先背叛誰，因爲她自己也不知在什麼時候起，被張偉牽動著。

想到跟建中的關係，她突然明瞭所謂「山盟海誓」原來只是一句形容詞，它是這麼簡單的就被破壞，而維繫感情的東西，不是想像得堅固而是脆弱的一折就斷。

她知道自己無立場去責備建中，也知道自己沒資格去質問他，但夫妻落到這樣的下場，彼此是情何以堪？

或許距離是他們婚姻的殺手，她想如果沒有距離，她與建中也許已經有小孩了，現說不定正逗著小孩玩，她嘆了一口氣，當初他們認爲這樣也不錯，可以減少摩擦，但現在來看，距離對他們不是美感，而是殺手，真的是很諷刺。

記得建中告訴她，持久的婚姻關係是兩顆永恆不變的心，不是守在彼此身旁，也不是貪圖雙方的肉體。現在？兩個人兩顆心不見了，彼此卻是用身體守著另外兩個人，茜茜想到這覺得非常好笑。

茜茜坐在地上，環視房間，過去兩人在這的甜美記憶，好想被人「Delete」，她努力在記憶庫裡去找，這檔案資料沒有存檔，她難過得想哭，但眼淚卻一滴也掉不下來，她不知道自己爲什麼掉不出眼淚。

她看牆上自己和建中的結婚照，那個可人兒露出燦爛的笑容，她當初就是笑得很開心，她覺得自己的笑容真的很吸引人，所以建中說他最喜歡看她笑了。現在她知道這個笑容他已不需要了。

她不知道是誰先背離誓言，但知道自己被人背叛，心還是會痛，茜茜看著牆上的照片，這照片像一把利劍狠狠刺了她一下，讓她無力起來。

無力讓她一直癱坐在地上，思緒也模糊到沒有方向，她不知道自己坐了多久，直到思緒回到意識裏，她才漸漸清醒過來，她站起身，拿起行李，再環視一下房間，這算是最後的行禮吧。

她把行李放到沙發上，到浴室把洗好的衣物晾起來，再到廚房巡視一下，她把自己的工作有始有終的做完，然後她拿起行李，對客廳做最後一次的注目，她取出鑰匙，把屬於這房子的那一把留下。

她從皮包拿出一本簿子，撕下一張，匆匆寫上幾個字，把鑰匙放在上面，然後打開門出去，當她門一打開的時候，建中摟著一個女孩正站在她面前，建中趕緊把手放下，整個臉馬上變色，「茜茜，妳聽我說。」

「不需要了。」她對建中旁邊的「她」淺淺一笑。

「茜茜！我可以解釋。」建中抓著茜茜的手。

茜茜把他的手拿開，「真的沒必要了，我祝福你。」茜茜沒回頭的走掉，建中馬上追了過去，「茜茜！聽我說，拜託妳聽我說。」

◆◆◆

茜茜把手機關上，建中不知打了多少電話發了多少簡訊，她沒有接也沒有看。

「妳不能逃避？」旁邊的張偉邊開車邊說。

「我知道，但我心裡沒做好準備。」

「妳還想跟他在一起嗎？」張偉問。

「不知道。」

「妳喜歡跟他在一起，還是跟我在一起？」

「當然是你。」茜茜沒考慮的回答。

「既然這樣，乾脆跟他離婚算了。」張偉說。

「離婚？我會被我媽罵死。」她說完偷偷瞄他一眼，「我離婚你會跟我結婚嗎？」

「當然，我想了很久，你們既然已經是這樣子，婚姻的存在有意義嗎？」他眼睛沒離開前方，「站在男人的直覺，我認爲他一有女朋友是很正常，對一個男人來說，不可能沒有需求，他竟然可以幾個月不見面，這除非他是同性戀，不然就是找野雞，否則一定是有固定的伴侶。」他把車子靠邊停，從口袋掏出一個盒子，「這段時間我認真思考過，我才發現妳對我的重要，我很希望你們離婚。」

他把盒子打開，「我等妳。」張偉把盒子的戒指拿出，套在她手上。

茜茜看著他，臉上是驚喜，她抱著他激動得哭了起來。

大抉擇

①茜茜繼續守著婚姻

茜茜難過的離開，她知道自己沒資格指責建中，但看到自己被人背叛，心裡還是不舒服，實事上多年的相處下來，她清楚知道自己跟建中的感情已經變質了，只是兩人爲面子，不讓自己揹負離婚罪名，因此互相守著空殼子的婚姻，既然都已經守了，那就繼續演下去了。

婚姻既然是人生的完整篇，那就要依它的法則，循著它的遊戲規則，如果婚姻無法作出動人的詩篇，那就寫成淡而無味的流水詩。

②茜茜結束空殼婚姻

帶著被刺傷的心回到北部，她知道這個刺終究會爆發，只是不知是她還是他，現在未爆彈終於爆了，也炸醒她了，跟建中的婚姻，實質上已經沒有了，她要守著空殼還是放彼此自由？

她想了好些時候，知道這個有名無實的婚姻，已經沒有存在的必要，於是她約建中出來，兩人好好談談離婚的事，特別是如何跟雙方家長交代。

婚姻的基礎是愛情，如果沒有愛情，就像兩個孤寂的世界，婚姻不是命運而是選擇，珍惜好的姻緣，幸福就會在其中。

我愛你，所以我要結婚

愛情的終點是婚姻　如果愛到最高點　這個門還是被鎖住
妳是會繼續鎖住　還是找另一個願意開鎖的人？

THE UNRESTRICTED LOVE

「『惠，有了孩子後才知道當媽媽的幸福，趕快生個孩子吧。』」，惠美把滑鼠往下移，看到筱萍抱著熟睡的嬰兒，「義傑快來看筱萍的baby。」

「剛出生的小孩不是都長一樣嗎？」義傑邊走邊講。

「差多了。」

「可是我覺得都差不多，每一個黃黃的小小的，然後閉上眼睛。」他看了筱萍身上的嬰兒，「妳看，都一個樣。」

「那是因爲不是你的小孩，如果是你的小孩，你就會覺得不一樣。」

「或許是吧。」義傑回到剛才的位置。

「你現在有比較喜歡小孩嗎？」

「還好，只要不吵，我就不討厭。」

「有那個小孩子不吵？」

「我知道，可是小孩子一吵，我就受不了。」

「如果是你的小孩吵，你會怎樣？」

「我不知道，但我相信不會，因爲我不打算生小孩。」

「萬一生了？」

「妳是不是懷孕了？」義傑緊張的問。

「沒有，萬一我真的懷孕呢？」

「最好不要。」義傑看著她。

惠美關掉電腦，到浴室沖洗，沒多久，她穿著性感的睡衣走出來，「要不要睡覺？」

義傑看了她一下，逕自把燈關了。
兩人交戰了一段時間，惠美緊抱著義傑，「筱萍的小孩好可愛，我們也生一個。」
「有小孩我們就不能像現在這樣自由。」他努力在她身上衝刺。
「那只是一小段時間，他們會睡覺的。」她依舊緊抱著他。
「那裡有妳想像這樣簡單，小孩是不會看時間的。」
「我們可以請保母帶。」
「幹嘛自找麻煩。」義傑突然停了下來，「妳不會真的想生小孩？」
「我有點想，看到筱萍抱小孩的幸福感，我也好想要，何況我年紀也不小了，趁年輕基因比較優良。」
「今天是不是危險期？」義傑擔心自己沒帶套子。
「如果是，不是更好嗎？」
義傑一下子無力起來，倒在惠美旁邊，「今天是不是危險期？」

「不是。」惠美看到義傑的樣子，有點失落，「你這麼討厭小孩嗎？」

「不是，我只是還沒有做好準備。」他噓了一口氣，走下床。

「你要準備多久？」

義傑揮揮手，進入浴室裡去。

◆◆◆

「這件不錯，很可愛。」麗子拿著一件淺藍色嬰兒服。

「筱萍生的是女生欸。」惠美說。

「小孩子沒分性別的，不然問小姐有沒有粉紅色的。」麗子在手上左比又比。

「算了，搞不好她下一胎生男生。」

「還要生？不累嗎？」

「妳知道什麼是『增產報國』嗎？這就是現代版的『增產報國』。」惠美笑著對她說。

「那妳也趕快『增產報國』。」麗子告訴她。

「我是想啊，可是人家不配合。」她嘆了一口氣，「看到筱萍這麼可愛的小孩，妳不會動心嗎？」惠美轉過頭看著麗子。

「我跟誰生？倒是妳就趁年輕吧。」

「我也是這樣想，可是義傑他不要，昨晚我跟他講，他嚇的都軟掉了，我們做一半就結束。」

「真的嗎？」麗子差點沒笑出來。

「是啊。」惠美邊付錢邊又嘆氣。

「妳可以跟他說！」兩人走出店家後，麗子跟惠美說。

「我跟他說過很多次，但他都沒興趣。」

「我們進去裡面坐一下。」麗子拉著惠美的手進入咖啡店，「他只對妳個人身體某部位有興趣。」

「妳這樣講好像我沒什麼其他附加價值。」惠美抱怨說。

「不是嗎?很多男人只想要『s』,不要『r』。」

「什麼要『s』,不要『r』,妳太偏激了。」

「如果他不是爲『s』,那他爲什麼不想想未來?」麗子喝了一口飲料,「『s』很簡單,動一動,然後把身上多餘的東西再附送給妳,但『r』不是,它單字很多,妳看『responsibility』有幾個字?『sex』有幾個?差很多把?連背要花的時間就不一樣,當然輕鬆度不同,『r』不是隨便射出精子就解決,它還附帶後續一大堆問題,妳說,他會要嗎?」

「是沒錯!他說我們還年輕,有的是時間。」

「有的是他的時間,不是妳的時間。」

「妳對義傑不滿嗎?」惠美看著麗子。

「他關我何事?我只關心我的朋友。」麗子對著她說。

「妳不喜歡我們同居?」

「我不反對同居?只是我不知道妳跟他同居的目的?」

「先行試婚，否則到時發現他中看不重用。」

「然後呢？」

「自然是結婚。」

「萬一他不想結婚呢？」

「不會吧！我們是在要結婚的先決條件下，進行試婚。」

「你們同居幾年了？」

「六年了。」

「這試婚期也過長吧，再一年，就「七年之癢」，到時是誰癢?如果是癢者想結婚，那就是彼此修成正果，如果不是，而是想換口味，那這麼長的試婚，只不過淪爲一方的『性服務所』。」

「妳講得太嚴重了，義傑他不是這樣的人，我們認識這麼久，他都沒有交其他女朋友。」

「我又沒說他一定會，反正你們是同居，他又不需負什麼責任，當然他幹嘛找麻煩呢。」

「不過，妳說的沒錯，同居對女生很沒保障，做同樣妻子的事，但卻拿不到贍養費，分手費，且又浪費自己青春。」

「這是妳同居六年的感言嗎？」麗子笑著說。

◆◆◆

「我跟麗子去看筱萍了。」惠美邊吃飯邊說。

「筱萍還好吧。」義傑眼睛看著電視。

「很好，我第一次抱這麼小的小孩，有點緊張，但小孩身上的奶味好好聞。」

「不是說乳臭未乾，怎麼會好聞？」義傑夾了一些菜。

「那是你沒有抱過小孩，沒有近距離的接觸。」

義傑轉過頭看她，「妳最近一直在討論小孩？妳是不是有什麼新的想法？」

「講出來也沒用，你不會願意的。」

「既然這樣，那就別講了。」

「你……」惠美放下碗筷，「我真的對你很失望。」

「別這樣嘛！我知道自己講錯話，吃飯時間讓我們好好吃飯好嗎？」他用眼光求她。

惠美拿起碗筷，靜靜的把飯吃晚，兩人沒再出聲。

洗好碗筷，惠美坐在義傑旁邊，「你爲什麼想跟我同居？」

「當然是喜歡妳。」義傑伸手抓住她的手，眼睛還停留在電視上。

「你真的喜歡我嗎？」

「傻瓜！不然妳說呢？」

「我們的關係一直都要是這樣嗎？」

「怎麼樣？這不是很好嗎？而且我們都相處得很好，跟正常夫妻有差別嗎？」

「是沒錯！但我總覺得少了什麼？」

「結婚證書並不能真正代表什麼？多少人擁有它以後，婚姻有增加幸福美滿嗎？妳知道現在每天有多少對夫妻在辦離婚手續？每天有一百六十對夫妻離婚，欸一百六十對夫妻，我們沒有結婚但大家都知道妳是我老婆，這有差嗎？」義傑用手攬住她。

惠美把頭靠近他的肩膀，「我有時候會覺得寂寞？」

「那妳去找朋友或者去學一些妳喜歡的東西。」

「朋友？很多都忙著照顧小孩，沒有空出來，我們也生個小孩好嗎？」

「生小孩？」義傑坐起身子。

「你幹嘛！只是這樣說說而已。」惠美抬起頭看義傑。

「希望妳只是說說而已。」他打個冷顫。

「你不覺得家裡有一個小孩會很熱鬧？筱萍說她家天天有小孩子哭，那聲音讓她覺得家裡好吵，但也因爲哭鬧聲，讓她覺得很有生氣，整個家都活躍起來。」

「筱萍是初爲人母，等一段時間之後，她告訴妳的絕對不是這樣。」義傑斬釘截鐵的告訴她。

「是嗎？」惠美再轉頭看著他。

◆◆◆

「麗子，我今天不能去了。」惠美在電話這頭說。

「爲什麼？不是講好了嗎？」

「我知道，早上我們單位有推薦一些課程，我覺得不錯因此去報名，今天是第一天開課，我不想錯過，下次我再請客謝罪。」

「妳說的，餐廳我選。」

「好！但不可以太貴，否則我請不起。」

兩人通完電話，惠美又撥起電話，「義傑，我聽你的話，今天報名上課，所以下班你自己在外面吃。」

「妳上課上到幾點？」

「大概九點半吧，或許會晚點，要不要幫你買消夜？」

「不用。你就好好去上課。Bye！」

惠美把手機放到抽屜，稍微把桌上整理一下，把未做完的工作，加快一些腳步，到了下班時，她剛好把所有的工作做好。

她拿起皮包，跟同事打聲招呼，就先行離開，隨後她簡單的吃了一些東西，就到補習班去。

這是語言課程，報名的人還不少，她走到教室，看到一個熟悉的人影，她趨前過去，「你也來？」

「是啊！我沒想到妳會來。」講話的是她的同事惟翔。

「好久沒上課，還真擔心自己沒辦法坐的住。」惠美坐在惟翔旁邊。

「我也是。」

惟翔原來在其他部門，後來自行請調到惠美這單位來，「之前辦的進修課程你有上過嗎？」惠美問他。

「沒有！妳呢？」他反問她。

「我不是好學上進的人。」

「那妳爲什麼今天會來？」

「無聊！想打發時間，最近總覺得很悶，回家又只有一個人，所以想出來透氣，順便打發時間。」

「妳不是有男朋友？」

「是啦，他也有自己的事，不可能天天有空。」

「聽其他同事說你們交往很久了，爲什麼不結婚？」

「結婚？我是想，但他不願意。」惠美有點傷感。

「那妳跟他求婚？」

「我跟他求婚？你沒搞錯吧！有女生跟男生求婚的嗎？」

「書上不是說，男追女隔層山，女追男隔層紗，這不是容易得多。」

「你說得好像很有理，但現階段我做不來。你有女朋友嗎？」

「可說有？可說沒有？」

「什麼？這到底是有？還是沒有？」

「嚴格的說沒有，是我自己單戀。」

「你爲什麼不跟她表白？」

「她有男朋友了。」

「天涯何處無芳草何必單戀一朵花，這不是浪費你的時間嗎？」

「我在等她，等到她結婚後，我才真正死心。」

「你還真癡情。」

惟翔笑著看她，她也看著他，「那個女人真幸福。」

兩人邊談邊笑，不知覺得上課時間到了。

下課後，惟翔說要送惠美回家，惠美沒拒絕。

◆◆◆

兩人因爲上課關係，在辦公室變得比較有互動，惠美不時還找惟翔一道吃飯，下班也一道去上課。

下午快下班時，惟翔拿了一些影印的東西給她，「這是『曼哈頓奇緣』的電影對白。」

「你真的做了？」惠美很驚訝，「我一直想測驗自己的聽力，沒想到你比我動作還快。」她隨手翻閱了幾張，「會很艱深嗎？」

「還好，我沒看過這部片子，所以趁此機會看，還不錯看，特別是對羅伯這個人很有感覺。」

「你是婚姻的受害者嗎？」惠美開玩笑說。

「怎麼可能？我又沒有結婚，他是離婚訴訟律師，一個不相信愛情的人，最後被愛情馴伏了。」

「電影都是這樣，如果不用這樣的手法，大家看電影就沒有fu。」

「妳好像對愛情已無感了？」

「也不是，只是漸漸失去憧憬，不知道自己想要什麼，也不知道自己在追尋什麼，總而言之，就是失去味覺嗅覺。」

「妳最近跟男朋友是有發生不愉快的事嗎？」

「沒有，跟平常一樣，或許是習慣了，腦子失去想像力。」惠美講完，若有所思的。

惟翔看到她像在想事情，就跟她說下班再找她，惠美看著惟翔身影由大變小，最後消失在她的眼前，不禁難過起來。

她不敢往前想，但大腦卻不斷把畫面倒轉出來，這個影像剛開始有點模糊，但慢慢明朗請來，他不是義傑，而是惟翔，她知道自己不可以這樣，但這畫像一直去不掉，她只好把它藏起來。

但越是想藏，越是藏不住，當她發現越是藏不住的時候，自己對義傑的態度，不自覺的轉化了，她不再向義傑要求婚姻的承諾，也不再跟義傑談筱萍的孩子。

她知道自己轉化的原因，但她不知道自己能不能控制，讓它不要繼續陷下去，惟翔雖沒女朋友，但他對那女孩子的默默付出，讓她非常羨慕，她知道那個女孩子不是她，但她好希望自己是那個女孩。

◆◆◆

義傑如往常一樣，沒發覺她的改變，義傑反而非常高興她不再提結婚及生小孩子的事，因此更鼓勵她多去上課，認為忙對她比較好，不會在胡思亂想。

惠美看到惟翔給她的東西，「吉賽兒公主唱了一首求愛歌謠邂逅了他的夢中情人艾德華王子，但公主跟王子並沒有結成愛侶，而是碰上另一個真正的王子。」

她不禁想到自己的真命天子，是義傑？還是其他的人？

下班的時候，惟翔來找她，她收拾好東西，拿起『曼哈頓奇緣』的電影對白，「裡面的對白比我想像的容易，我假日要去租一支ＤＶＤ，好好看一下，順便測驗自己的程度，特別是現在，看有沒有進步。」

「ＤＶＤ我借妳。」

「你有？」

「爲看這部片買的，我怕看太久，所以決定買起來，這樣就可以沒負擔的看。」

「你真有心。」惠美發自內心說。

「我花了小錢，測試自己，這樣很划算。」

「好，有成本概念。」惠美稱讚的說。

兩人找了一家店吃了晚餐，惟翔便騎車載她去上課，晚風吹著她的身體，尤其是這種秋晚的風，有點涼又不會太涼，讓她感覺像是在被觸摸，於是不知不覺得越抱越緊，頭不自覺得貼在惟翔的背上，她閉著眼睛想受著秋風的清涼。

下課兩人乘著晚風，聯袂去吃了點心，惠美看了手錶，「惟翔你有去過夜店嗎？」

「很久之前去過，後來再也沒去過。」

「爲什麼？」

「我覺得很無趣，剛開始去的時候覺得還蠻好玩，去了幾次之後，新鮮感沒了，覺得很浪費時間，再加自己本身也不是很喜歡，所以就再也沒有跟朋友去。」

「你是陪男性朋友還是跟女朋友去？」

「這重要嗎？」他看著她。

「沒有，只是隨口問，我沒有去過，所以很好奇。」

「不會吧！」惟翔不相信的說，「現在年輕人，有誰沒去過，妳是不是鄉巴佬。」

「誰說年輕人一定要去過才不會是鄉巴佬？」惠美有點不爽。

「不會不會，我只是很難想像。」他不敢笑出來。

「你今天帶我去開眼界好嗎？」惠美用央求的口吻問惟翔，以前她想去，義傑總是說那不是好地方，好女孩不該去那裡，而她爲做好女孩，後來就不再要求義傑帶她去。

「爲什麼想去？」

「好奇，我住在大都會，從沒過夠夜生活，今天我想去見識見識一下。」她想到今天義傑說要出差不回來。

「這樣好嗎？」惟翔不知道該不該答應。

「爲什麼不好？你以爲我未成年嗎？」

「不是，我怕被人誤解。」惟翔含蓄的說。

「沒關係！他管不到。」惠美了解他的意思。

「真的要去嗎？」惟翔想再確定一下。

「沒錯！」惠美肯定的回答。

◆◆◆

惟翔帶她到東區去，「這家非常有名，電視明星開的，聽說常會有明星來，若幸運的話，可以碰到明星。」

惠美看一下招牌，「我聽說過，原來在這裡。」

家。

「妳聽說過?我還以爲妳都不知道。」

「雖然沒來過，並不表示我不知道。」惠美想到有一次麗子跟她提過這一家。

「那好，待會就下去瞧瞧。」

惠美跟在惟翔後面，還沒進去就聽到強烈的重金屬音樂從裡面傳出來，惠美加緊腳步跟上，進去之後，惟翔選了一個比較安靜的地方，惠美像劉姥姥進大觀園非常好奇，在昏暗的燈光下，惠美的眼睛不時四處張望，在掃射時，只見她的眼睛定格在一個男生身上，這個男生攬著一個女生，兩人非常親密，她的表情漸漸從好奇變到憤怒。

惟翔發現她的眼神不對，「這種地方，這樣的親密舉動是很平常的。」他跟她解釋。

惠美沒作聲，眼睛始終沒離開那個男人身上，她想到上星期她無意看到義傑手機一封曖昧簡訊，她問義傑，義傑說那是色情業者亂發的，他忘記刪掉，惠美也曾收到，所以她沒有懷疑。

這幾個月義傑出差的機率變多，晚上加班次數增加，義傑對她出手也愈來愈闊氣，她以為他們公司生意越來越好，原來這些都是安撫，他用慰問金來掩蓋他的走失。

惟翔看到惠美的眼睛出現殺氣，他心裡已有數，他拉著她準備出去，惠美把手甩開，逕自朝那個男人方向走去，她停在他後面。

「等我打完電話之後，我們再去下一攤。」那個男人對那個女人說。

「你們又沒有結婚，幹嘛要跟她報備。」那女人說。

「就因為沒結婚才要這樣，否則她一直吵著結婚，我快被她逼瘋了。」那個男人邊拿手機邊說。

「你還真『用心良苦』。」那個女的故意挖苦他。

「她畢竟跟我這麼多年，多少有感情存在。」那個男人說。

「你跟她有感情存在，那我呢？」那女生不滿說。

「你總要給我時間。」講完，他又緊緊抱住她。

惠美聽完他們的對話，她走到那個男人的前面，那個男人瞬時呆愣在那裡，惠美沒有出聲，她看著他，又看著旁邊的女人，轉身就走。

義傑一時沒反應過來，眼睜睜看著惠美從自己面前出現又離去，在遠處的惟翔看到惠美往大門走，也拿起皮包跟過去。

◆◆◆

惠美走出地下室，整個身子癱坐在地上，惟翔坐在她旁邊，兩個人沒有說話，惠美坐了一段時間後，拉著惟翔的手，「我們走吧。」

「我送妳回家。」他小聲的說。

「我現在不想回家，看你要去哪都可以。」惠美無力的說。

「這麼晚要去哪？」他對自己說又像對她說。「不然先回我家去。」

惠美沒說話，隨著惟翔的腳步，惟翔牽著她的手。

惠美一路上都沒有出聲，到了惟翔住處，她像洩洪的水庫，大量傾瀉，惟翔看著她哭，心也如刀割一樣，這是他最不想看到的，他從一次開會，偶然的碰到她，就一直把她放在心上，隨後他主動要求轉部門，就是希望天天可以看到她，當他知道她有男朋友後，他只好在旁邊默默爲她祝福，他希望看到的是她幸福快樂，而不是現在這樣場面。

惠美哭到沒聲音，惟翔忍不住去抱她，惠美又像抓到一根繩索，眼淚又開始不斷流下來，「如果他不要妳，妳就跟我在一起。」

惠美的眼淚還是一直流，「多年來我一直在默默的祝福妳，這次可不可以讓我真正給妳幸福。」

惟翔在惠美的耳邊說，惠美推開他，「難道你單戀的女孩是……」惠美講不出口。

惟翔看著她，用力點頭。

大抉擇

①惠美決定就此分手

惠美離開夜店之後，想到多年的相處，換到是這樣的場面，非常傷心難過，回到家之後，她留一個紙條給義傑，就整理行李，她要暫時離開這裡。

惠美在幾經思考之後，覺悟到義傑婚姻觀與自己渴望的不一樣，她決定離開義傑，放他自由，也讓自己有更寬闊空間。

愛情是一種可以被取代的生活方式，要維持不單靠原諒，重要是能消化中間的不愉快。

②惠美想辦法挽回義傑的心

惠美衝出夜店，回到家裡哭得死去活來，並不斷自責起自己，認爲義傑會變心是因爲她去上課，又跟惟翔走著麼近，因此義傑才變心，這一切都是她的錯，所以她告訴自己等義傑回來之後，她要對他更好，好挽回他的心。

愛情是一種討好藝術，只有會討好的人，才可在狹小的空間裡，取代別人，而不是被人替代。

那晚你對我的守候

緣分像漂泊的雲　風一吹就過來　風一吹就過去
如果可以把雲裝起來　那這緣分會不會散掉？

玲子把地上的東西打包起來，並在箱子做好標記，旁邊的玫芬看著她在房內東走西走，「妳確定要搬過去？」

「是，不然我幹嘛打包。」

「妳有考慮清楚嗎？」玫芬再次問。

「武雄把房間都整理好，妳看，鑰匙都在這。」玲子搖搖手上的鑰匙。

「妳不覺得你們相識的時間很短嗎？」玫芬還是爲她擔憂。

「妳有聽過『一見鍾情』嗎？我們就是，一旦天雷勾動地火，一發就不可收拾。」

「這不是太冒險了，你們認識不到一個月，有必要玩這麼大嗎？」

「這就是愛情，一個偉大的愛情往往是在意想不到的狀況下產生，所以才有美麗的愛情可看，妳看羅密歐與茱麗葉不就是這樣嗎？」玲子邊講邊帶動作，講完她雙眼看著玫芬，「妳是寫小說的人，最知道這種感覺了。」

「妳這哪是羅密歐與茱麗葉，扯太遠了，妳對他了解多少？」

「還好。」

「我看妳根本不知道。」

「我沒時間問。」

「沒時間問？不會吧！你們一天到晚膩在一起，會沒時間？」

「這妳就不懂了，我們很忙。」玲子看了玫芬一眼。

玫芬笑了一下，「你們也太忙了，但也會有吃飯聊天時間，這個時候難道妳不會想問嗎？」

玲子兩手一攤，玫芬搖搖頭，「妳在玩火，小心火太猛，燒傷自己。」

◆◆◆

目送著玲子與武雄離開，玫芬關上門，心裡祝福玲子真的碰上好人。

玫芬把玲子住的房間重新打掃乾淨，空曠的房子，又重新回到她一個人，她看著這間房間，來來去去不知住了多少人，她知道房間是留不住人，像自己當年留不住弘毅一樣。

想到弘毅玫芬的心不由得抽痛一下，這個把她狠狠刺得遍體鱗傷的人，不知現在過得好不好？

玫芬皺起眉頭，已經告訴自己多少次，要忘記這個人，但這個人卻常常浮現在腦海裏，她不知道自己是恨他還是愛他。

她走出玲子的房間，回到客廳，呆坐了一陣子，隨後無聊得開起電視，電視節目喧嘩的聲音，讓她聽不下去，她把遙控器當玩具，在手中左按右按最後把電視關起來，她起身泡了一杯咖啡，讓自己跟寂寞做朋友。

她已經讓自己與寂寞做好些年的朋友，她也已習慣對著窗外看天空，今天只不過是重覆之前做的事情，她舉起咖啡，咖啡是什麼味她已經忘記了，對她來說什麼樣的咖啡不重要，只要是有東西就好。

她看這天空，雲層今天呈現是層積雲，她不知道龐大的地球，如何利用所謂的水循環，製造如此變化多端的雲，但她感謝太陽照在地球的表面，讓水蒸發形成水蒸氣，進而產生了雲。

她每天看雲，雲每天給她不同畫面，讓她不知不覺中，對雲產生另一種特殊的情誼。

「這是層積雲，是屬於低雲族，低雲族大約分三種，一種是積雲，一種是現在看的層積雲，另一種是層雲。」那天，弘毅在他山上的家跟她說。

這是她第一次有雲的概念，「雲還分高雲族，中雲族，和低雲族。」弘毅又跟她說，原來雲有高低不同。

「高雲族形成於六千公尺以上高空，中雲族則是在兩千五百公尺到六千公尺的高空形成，低雲族顧名思義最低，大約是在兩千五百公尺以下的大氣中形成。」弘毅說完，看著她，「下次我們到更高的山上去看，妳會發現不同的雲相，會產生不同的天氣，而雲的多變，跟人差不多，雲一變天氣就變了，所以我們常形容說人個性是『晴時多雲偶陣雨』就是這樣。」

「雲既然是多變，那把它裝起來可以嗎？」她問他，他告訴她，「不變的東西裝在哪都會不變。」

後來玫芬知道一九二九年時，國際氣象組織用英國科學家盧克．霍華德（LukeHoward）在一八〇三年制定的分類法做爲基礎，依雲的形狀、形成及組成原因，把雲分爲十大雲屬。

玫芬邊喝手上的咖啡，邊看著雲，她知道雲因氣流的因素，會做緩慢漸進式的改變，如果不留意這些微小動作，會被雲曚蔽，玫芬對這小細節特別留心，當初自己就是以爲雲的改變不大，所以沒多加觀察，那曉得瞬間的氣流，就可把雲變得不一樣，弘毅也是在她認爲不可能狀況下，像雲一樣些微的改變，直到她留不住他時，才恍然大悟，原來所謂的變化就是在這不經意間。

◆◆◆

玫芬回屋內倒咖啡，咖啡倒一半，手機響起，她放下手上的咖啡壺，看到手機顯示的是玲子。

「玫芬姐，我已經到了，謝謝妳這段時間的照顧。」另一頭的玲子說。

「到了就好，好好照顧自己，如果住不慣就回來住。」她對玲子說。

「住不慣就回來住。」玫芬覺得這句話像她的口頭禪，每一個走的人，她都會留這樣的話，但走的人都好像習慣新的住所，沒有一個人回來過。

「玲子，花點時間多了解一下武雄，愛做的事隨時都可以做，但人若不花時間去認識，一旦發覺跟自己想像差很多時，受傷會很重的。」她又再次的叮嚀她。

「我知道。」玲子講完就掛上電話。

玫芬放下手機，把未倒完的咖啡繼續補滿，玲子跟她有某些方面很相似，所以看到玲子會常讓她想到自己的過去。

那天玲子告訴她，今晚不回來住，她就知道玲子快要留不住了，果真，從那次之後，玲子常常晚上沒有回來。

她自己不就是這樣嗎？那天是湊巧還是天注定，本來她不想去參加同事的生日趴，臨時又跑去了，看到弘毅的那刹那，她的心一直猛跳，不知爲何做什麼事都不順，連倒一杯飲料都會倒出來，那晚弘毅一直守在她旁邊，任何男生的邀約都被他擋住，生日趴結束後，弘毅沒問她就帶她上車，她自己好像失去意識，任他擺佈，車子啓動時，弘毅才問她住哪。

車子到家時，弘毅送她進家門，她看著他，他看著她，於是不該發生的事發生了，玫芬一直爲那一夜不解，他不知道弘毅有什麼魅力，讓自己脫下衣服，她喝了一口咖啡，直到現在她還是沒想清楚。

但從那次像喝醉酒的夜晚之後，弘毅就經常出現在她房間，後來爲了省來往距離，弘毅就搬了進來。

玲子跟武雄就如她與弘毅，在沖昏頭的那個晚上，建立所謂互動關係，她不知道武雄是怎樣的人，她只擔心玲子不要像自己一樣。

◆◆◆

「當潮濕空氣上升並遇到冷的區域時雲就會形成，雲有鋒面雲、地形雲、平流雲、對流雲、氣旋雲」，玫芬對雲的分類還不是很清楚的時候，弘毅已經把雲的焦點放在另一處了。

咖啡漸漸地變冷，但她對他的情，卻始終不像咖啡變冷的就不好喝，反而越變越思念。

她看著天上的雲，雲吸收從地面散發出來的熱量，然後將它反射回地面，這可以讓地球有保溫作用，但雲也同時也將太陽光直接反射回太空，讓地球有降溫作用，至於保溫或者降溫哪種作用佔上風，則是取決於雲的形狀和位置。她對他的思念難道還存在某些意識上嗎？

雲吸收地面熱量反射回來的越來越強了，玫芬把咖啡一口喝掉，回到房間去，她坐在電腦桌前，看著螢幕上自己先前寫的斷點，「『喬治為了學習更多的新知，離開家鄉，但他不知道自己什麼時候會回來，也不知道到時回來的時候是多大年紀，所以為不讓心愛的辛蒂苦等，他編了一個謊言，然後帶著痛苦難過的心離開。』」

她知道辛蒂的苦，因此她用雙手為辛蒂找幸福，為喬治找回失去的愛人，在鍵盤敲打一段時間之後，玫芬重新把螢幕上的文字再讀一遍，滿意的把文章做結束。

玫芬把所有稿件重新整理一次，再大概瀏覽一次，然後把稿件全部寄給淑敏，淑敏最近天天跟她空中熱線，讓她不得不趕工，現在她完工交差，淑敏也應該笑起來了。

果真，她的手機響了起來，電話那頭傳來淑敏興奮的聲音，「玫芬姐，我收到稿件了，真的謝謝妳，排好版我再給妳看。另外的，我再等妳寄來。」淑敏掛上電話，玫芬把手機關機，她想好好得讓自己靜一靜。

雲在不知覺中已漸漸褪去白色光亮的衣服，換上令人喪氣的灰色制服，玫芬看了牆上的時鐘，已經是傍晚了，自己竟然在房間窩了這麼久，她嘆了一口氣，哎，她責備起自己來，她發覺自己愈來愈愛嘆氣，她打開燈，早上之前這房子還有一個人跟她分享，現在她只好自己獨享了。

◆◆◆

玲子一大早過來敲門，把熟睡的玫芬給叫醒，她披上睡衣，看到玲子緊張的站在門口，她也緊急的打開門。

「妳沒事吧？」玲子劈頭就問。

「我很好啊，倒是妳發生什麼事一大早過來，武雄欺負妳嗎？」

玲子癱坐在椅子上，「我從昨晚一直打電話給妳，都沒有人接，早上再打也是，害我以爲妳發生什麼事，趕緊叫武雄送我過來。」

玫芬想起昨天掛完淑敏電話後，就把它關機，然後忘記開機，她走到玲子旁坐下，「真的對不起，我昨天把手機暫時關機，後來忘記打開了，謝謝妳這麼關心我，玫芬姐好感動。」說完眼淚在眼眶裡打轉。

玲子轉身抱起玫芬，「別忘了，妳是我最好的姐姐。」

玫芬也抱起玲子，「聽妳講這句話，玫芬姐沒有白疼妳。」這次玫芬真的哭了起來，她已經很久沒掉眼淚了。

玲子沒想到玫芬姐竟然真的哭了，反而有些不知手措，她緊緊的抱住她，直到玫芬姐哭停下來。

「很抱歉。」玫芬收起眼淚。

玲子看了玫芬沒事，就站起身來，「我現在要趕去上班了。」

「妳吃早餐了嗎？」玫芬突然想起。

「到公司吃。我走了。」

目送玲子離開，玫芬不自覺得又哭了起來。

外面的陽光滲透到屋子，玫芬被陽光驚醒，她擦乾眼淚，走到窗邊，今天的雲跟昨天一樣是層積雲。

她回到房間換一件舒適的衣服，然後再替自己煮一壺咖啡，她推開窗戶，讓陽光盡情的照射過來，她知道今天又是一個晴空萬里的好天氣。

她想到有一次在街上看到賣棉花糖的小販，突然想吃棉花糖，於是她買了一包，甜甜的棉花糖入口即化，像當時她的心情，當她把棉花糖一口一口送進嘴裡時，弘毅告訴她，「層積雲外型像棉花堆，一般發生在晴天狀態，在氣象學中簡寫爲Cu，拉丁語名稱意思爲『堆積』，它的形成有兩種過程，一種是在夏天，此時是積雨雲或雨層雲消散時所形成之過渡雲屬，內部氣流十分不穩定；另一種在秋天，層雲或積雲累積水氣後所形成的，雲體內氣流十分穩定。」

她端起咖啡，這是她的提神劑，她望著天上像棉花糖的雲，好想伸手抓一把下來，她突然想到那回陪淳淳看卡通巧虎，巧虎跟一群朋友躺在草原上，看天上不斷變換的雲，卡通看完後淳淳拉著她說：「姨，我們也去看雲。」於是她帶淳淳出去看雲。

跟淳淳在一起時，她才驚覺自己一個人看雲看好久了，想到巧虎跟朋友躺在草地上，望著天上各種造型的雲，分享彼此的快樂，這似乎是她好久前曾做的事，現在幾乎快忘記那個感覺了。

玟芬突然站了起來，把咖啡一口喝完，回到房間換了外出服，她拿起皮包，把門鎖上。

◆◆◆

武雄送玲子上班後，回自己公司請了半天假，昨天晚上他接到舅舅的電話，因此特地去接機，武雄在機場出口處等了一段時間，終於看到熟悉的臉孔出現在他面前，他趕緊去幫他提行李。

「等很久了？」

「還好，沒誤點很多。」

兩人邊講邊走，武雄停下來，「舅舅你在這裡等我，我去開車過來。」

「我跟你過去就好。」

「不用，我馬上過來。」武雄講完隨即轉身到停車場。

兩人上了車，武雄車子繞了一下，隨即上高速公路，「舅舅這次回來要住多久？」

「不確定，或許就留下來了。」他看了武雄一下，「國科會那邊叫我過去，這次回來想去看看他們的狀況。」

「舅舅那你就留下來。」

「我看看再說。」

武雄停了數秒中，「舅舅，我有話要跟你說，但你不可罵我。」

「你又做什麼壞事？」他從小就疼武雄，武雄也因此特別喜歡這個舅舅。

「你的房子我把它」武雄停一下。

「賣了嗎？」

「不是的，我把它分租給一個女孩子住。」武雄一口氣說完。

「是女朋友還是女性朋友？」

「是一個很好的朋友。」

「女朋友？」

武雄沒說話。

「你長大了，是該交女朋友了，對人家要好不可三心二意。」

「我對她很好，也真的很喜歡她。」

「那就好了，既然房子有別人住，那我暫時住飯店好了，免得打擾到你們，還被你們嫌。」

「怎麼可以，這樣我會被我媽罵死，昨天知道你要回來，我跟玲子把房間打掃乾淨了。」

「她叫玲子？」

「是，我忘記跟你說了。」

「既然這樣，那就委屈你了，玲子該不會介意吧。」

「舅舅，你不要開玩笑了，只怕你會介意，還有玲子住家裡的事，我沒有跟我媽說，你可不可以幫我保密？」

「我盡可能。」

「舅舅，不能盡可能，要一定，你知道我媽的個性，給她知道，到時我一定被打死。」

「好好。」講完話弘毅不禁笑了起來。

到家的時候，武雄把舅舅的行李拿到房間，「舅舅你先休息，我現在要回公司，晚上我跟玲子跟你接風。」

看著武雄出門，弘毅倒坐到沙發上，他閉著眼睛，腦海裡出現一排數字，他不知道數字的主人現在還好嗎？

◆◆◆

玫芬把自己丟出來一整天，到傍晚下班後，她打電話給玲子，玲子手機沒人接，玫芬想給玲子一個驚醒，於是買了一些東西，到她住的地方去，她照著玲子給她的住址，按了門鈴，門鈴響了一會沒人開門，玫芬看了手錶，知道自己太早來了，於是轉身就走，當她準備下樓時，門開了，玫芬停下腳步回頭看，玫芬一看開門的人，愣了一下，手上的東西掉在地上，她沒有說話，眼睛直視對方。

對方也驚訝的看她，兩人四目相望，靜靜地都沒有開口，一段時間後，「對不起，我按錯門了。」然後玫芬轉身就走。

弘毅隨即追上來，「再給我一個機會好嗎？」

玫芬沒有說話，還是往前走，弘毅拉住她，「再給我一個機會好嗎？」

玫芬看著他，沒有回答，把他的手甩掉，弘毅緊抓住不放，玫芬雙手推開他，弘毅直視著她，手不肯放掉，「再給我一次機會。」玫芬還是沒反應，弘毅抱住她，「我知道我沒資格要求，但我還是想再說一次，再給我一次機會。」他緊緊抱住她讓她無力掙脫，她不再使力，但此時眼淚卻無法控制，撲簌簌地流下來。

弘毅抱著她，讓她盡情的發洩，等她不哭的時候，他輕輕的鬆開手，玫芬看著他，她無法置信自己會在這裡碰到他，這幾年難道他在躲她嗎？想到這，胸中不由得憤怒起來。

她沒辦法忘記當初他執意要離去，她再看他一眼，「對不起，我走錯了。」

「玫芬，妳聽我解釋好嗎？」弘毅又趕緊抓住她。

兩人在拉扯中，玲子與武雄回來了，玫芬趕緊甩開弘毅的手，把眼淚擦乾淨。

「玫芬姐，妳怎麼來了」玲子興奮的問。

「我怕武雄欺負妳，所以特別來看一下。」玫芬上前握著玲子的手，眼睛看著武雄。

武雄不好意思地看玫芬一下，「玲子比我還兇，我沒被她欺負算是幸運了，哪敢欺負她。」說完，他看一下自己的舅舅，「玲子，玫芬姐，這是我舅舅，今天他才從美國回來。」武雄眼睛瞄了一下舅舅，又看了一下玫芬，「你們好像早已認識。」

玫芬臉上微微紅了起來，看了弘毅，弘毅也看她一眼，「我們在很多年前認識。」

玲子跟弘毅打完招呼，就拉著玫芬進屋內去，玫芬止住玲子，「難得武雄的舅舅回來，我改天再來。」她拍拍玲子的手。

玲子看了武雄，又看了一下弘毅，「那我送妳。」

「不用了。」

玫芬獨自下樓，到了樓下，她喘了一口氣，想平撫一下自己的心情。

◆◆◆

「我送妳回去。」耳邊傳來熟悉的聲音，玫芬回頭過去，看了他一眼，逕自往前走，弘毅拉住她，「過去的一切都是我的錯，我不該爲了名利、事業，棄妳不顧。」他講完停了一下，「妳知道嗎?離開妳之後，我才發現自己錯了，但礙於面子，我沒有勇氣回頭，我只有告訴自己只要成功了，就有理由回來找妳，但多年來，我並沒有真正成功，反而是虛度歲月。」他又停了一下，「這些年我不敢奢想得到妳的諒解，只衷心祝福妳。」

玫芬沉默得聽他說話，「我知道妳不一定會原諒我，所以，這次我回來，就是希望得到妳的諒解。」

玫芬看了他一眼，她不知道多年來，是恨他還是愛他，但此刻的她是無法接受他，她推開他的手，「我自己怎麼來，就怎麼回去。」說完轉身就走。

「我不會讓妳一個人回去。」弘毅對著前面的玫芬喊。

大抉擇

①玫芬尚無法接受

玫芬非常驚訝在這地方碰到弘毅，雖然有些欣喜，但傷痛感卻更重，想到弘毅不念情離開，那份椎心刺骨的痛又湧上來。

她帶著傷痛坐上車，對他是愛是恨分不清，但想到過去在愛情上他改變她，離去時他也改變她，她的人生因此像缺了一個口，自己很難忘記這缺口，多年來自己好不容易讓傷口結痂了，現在她不想把結痂的傷口撕開。

如果傷痕可以像雲一樣被風一吹就消失，那就不會有痛，偏偏傷痕卻像鐵條一樣重，不花力氣是吹不動它的。

②玫芬很高興再次重逢

思念多年之後，能再見到心中掛念的愛人，玫芬激動到不能言語，她認爲是上帝再給他們機會，因此她不想讓機會錯失，也不想再浪費彼此的歲月，她要好好把握現在。

思念就像一朵漂泊的雲，時而飄進腦海，時而又消失在眼前，如果雲知道它不時的亂闖，會引起許多的傷痛，那它會停留。

明天還是吹一樣的風

石頭會不會越撿越大　這無法預測
除非有透視眼　能預知未來　否則到手的東西　一個不留心就會滑掉

「『我等明天回陶樂去再想罷。那時我就能夠忍受了。明天，我想一定有辦法可以把他拉回來，無論如何明天總已換了一天了。』」婉如闔上書，伸伸懶腰，她把書放到床邊去。

「看完了？」旁邊的啓明，看她把書放下。

「對，第十一遍。」婉如得意的說。

「我看妳瘋了，沒有人像妳一樣，爲一本書著迷到這種程度。」啓明搖搖頭。

「這那叫瘋？古時人對書可以倒背如流，我這是小case。」她跟他說。

啓明再次搖搖頭，「天下就有妳們這些痴人，所以寫小說的人，才會有工作做。」

「這樣不好嗎？我們是菩薩心腸。」婉如說。

啓明沒再說話，婉如下床上洗手間，然後把書放回書架。

「你知道我爲什麼這麼喜歡這本書嗎？」她問他。

「不知道，妳從來沒有告訴我。」

「當我第一次看完之後，就迷上裡面的劇情，這劇情太令人感動了，特別是劇中的男主角白瑞德對郝思嘉的愛，令人羨慕到不行，你知道那個白瑞德嗎？是所有女生的夢中情人。」婉如說到一半停了下來，回頭看啓明，「你知道嗎？之後我跑去租錄影帶，錄影帶看不過癮，又去買一捲，結果那一卷被我看壞了。」

「爲了白瑞德？」啓明不解。

「原因之一，另外是爲作者密契爾。密契爾是我讀過的書中，最令我佩服的作家，她一生只寫過這一本，這本書暢銷到什麼程度嗎?半年不到賣了一百萬本，現在作家很多人一輩子賣不到這個數字。」婉如在書架找其他書。

啓明聽她這樣講，「太厲害吧。」

「對啊，她還有一個更經典的故事，想聽嗎?」她問他。

「好啊!」

「有一次密契爾參加一個宴會，她旁邊坐了一位男性作家，這男性作家滔滔不覺得講他自己出多少書，賣得多好，講完後，他問其他人有沒有人出過書，在場有一位告訴他說，你旁邊的那位女士有出過書，他回頭問她，妳出幾本書，她說我出得很少，只有一本，那位男士有點不屑，一本?請問是哪一本?密契爾說我只寫過《飄》，那位男士當場不敢講話。」

「誰講得下去?」啓明笑著說。

「對啊!有些人就是自以爲了不起。」

「妳還要看書嗎?」

「怎麼？」

「如果不想看，我們睡覺吧，我想妳很久了。」

◆◆◆

「終於排到了，我好擔心這團購券會過期。」敏敏說。

「妳這白癡爲什麼買團購券？上次沒看到我的慘狀嗎？那教訓不夠深刻？」

婉如回說。

「可是便宜啊。」

「我就是這樣想，所以當了一次冤大頭，害我整整損失一千元。」婉如還很氣憤。

「不是每家都這樣。」

「沒錯，但我現在一朝被蛇咬十年怕草繩。」

「我想吃這家，想了很久，現在終於吃到了。」敏敏說

「真的有這麼好吃嗎？我每次看到報導去吃，發覺還好，沒有什麼特別，我

真不知道他們是用什麼樣的標準去評量？」

「用錢啊，不是有很多網路寫手？」敏敏說

「真的還是假的？」

「我也不知道，不過有些店家，做的東西真的很好吃。」

「妳要再去拿嗎？」婉如問敏敏。

「要啊，這是一定的，不然白來，妳先去，我吃完再去。」

婉如站起身走到沙拉區，繞了一圈回到位置。

「妳怎麼只吃沙拉？」敏敏問

「我最近在減肥，啓明說我變胖了。」

「看不出來，妳什麼時候這麼聽話了。」敏敏看她。

「也不是啦，我自己也有感覺。」婉如不好意思。

「妳的『李大仁』竟然會出聲？」敏敏睥睨她。

婉如看了敏敏一眼，「是我自己要的啦。」

「我就知道。我真的羨慕妳找到『李大仁』？」敏敏說

「是嗎？不過我的『李大仁』，只有物質食糧，沒有辦法在精神上與我有共鳴，所以妳不要羨慕，現在已經很多『李大仁』了。」婉如說

「很多？爲什麼我一個也碰不到？」

「時機未到。」

「時機未到？等到我變成熟透的蘋果？」敏敏說

「總有一天會等到。」

「妳不如說，戲棚站久了，就會是妳的，到時我熟透了，對方也爛透了。」

敏敏不屑的說。

「妳太悲觀了。」

「有男朋友的人，常會說沒男朋友人太悲觀了，事實上這不是悲觀問題，這是現實市場面問題。」

「現實市場面問題？有這樣嚴重嗎？」婉如想笑，但看到敏敏表情嚴肅，也

就忍了下來，「對很多女孩子來說，『李大仁』是個默默守在身邊的完美男人，不論遇到什麼事，他都會陪伴在身邊的好男生，他了解自己，也知道自己的需要，自己在想些什麼時他都很清楚，但是又不是情人，又比朋友還要好的，但對我來說，這只是生活的幫手，他幫得太多，只不過讓自己生活變得低能而已。」

「變低能不是很好嗎？小姐，不要身在福中不知福。」

「或許吧，但不是說『如人飲水冷暖自知』，如果妳碰到『李大仁』這樣的好男人，妳去體驗就知道了。」

「妳今天吃錯藥，啓明對妳做了什麼事？」敏敏問。

「沒有，只是有時候覺得很空虛。」

「空虛？幸福太久忘記寂寞的滋味了。」

婉如沒說話，空虛的滋味只有她自己知道，兩個平行線的人，再怎麼點火，也是隔空，火花或許可以飄過來，但也太微弱了，她要的是熱火，可以燃燒她心靈的熱火。

「常說：『保暖思淫欲』，妳是太飽了，腦袋想太多了。」敏敏嘲笑她。

◆◆◆

「陳小姐這是我們的市場分析報告，依照貴公司的產品及它的應用面，我們做了不同面相的說明，您請參考。」謝禾帆把報告交給婉如。

「你們的效率還真快。」婉如翻了幾頁。

「貴公司的產品很快要上市，如果不趕緊送過來，萬一有什麼損失，我們小公司擔待不起。」謝禾帆說。

「謝先生您真會說笑，這麼大的公司還說小，那我們算什麼？」婉如笑說，她看一下他，「我們明天會開會討論，有結果會盡快通知你們，再請你們幫我們做下階段的企劃。」

婉如送走了謝禾帆，看到他背影消失，她才走回辦公室。她把資料拿出來細看，裡面分析的很清楚，謝禾帆把一些細節也跟他們提到，整個市場面幾乎被他規劃到，算是很完整的報告，她把這分報告交給工讀生影印，順便通知部門的人，明天針對這報告提出說明。

婉如走出公司已經七點半了，對她說不算太晚，但已稍微避開下班人潮，她今天沒有跟敏敏約，啓明也不會來，因此她沒有要回家的壓力，她鬆了一口氣，自己不知道什麼時候開始，回家越變越慢，回家也不知道什麼時候變成她的壓力。

她漫無目的的走，看到路人匆忙從她身邊擦身而過急著回家，她有點羨慕他們，家本來就是好地方，她卻想要逃離。

「陳小姐，才下班？」一個聲音在她旁邊響起，她轉頭一看是謝禾帆。

「你怎麼會在我們公司附近？」婉如非常驚訝。

「去其他公司，沒想到弄到這麼晚。」他說。

「難怪你們公司這麼賺錢？原來每個人都這麼賣命。」

「沒有，只是剛好。」他有點不好意思，看著她一個人，「妳吃飯了嗎？」他問她。

「還沒有。」

「那最好，這附近有家餐廳不錯，今天難得，我作東。」

「你是不是越界了，在我的地盤你竟然搶我的權利。」婉如笑著看謝禾帆。

「不敢搶妳的權力，只是這家剛好是朋友的朋友開的，新開張，我吃過還不錯。」

婉如看了時間，「既然這樣，我就不方便做主人了，下次我請你吃飯。」

謝禾帆帶她走了一小段路，然後轉進一個巷子，「到了，就是這家。」

婉如站在門口看了一下，自己確實不知道這裡，進去時，裡面已經坐了八成客人，「人還蠻多的。」

「沒錯，它的生意不錯。」

謝禾帆把菜單遞給她，她看一看，「你有吃過，你幫我點。」講完，把菜單遞回給他。

「有沒有不吃的東西？」

「沒有。」

謝禾帆把服務生叫過來，指了幾樣給他，然後把菜單放下。

兩人沉默一會，「妳晚上都這麼晚下班嗎？」他問她。

「你還好意思說，你自己也這麼晚，我平常沒這麼晚，剛好今天有事。」

「晚上沒有約會？」他試探她。

「誰要我？」她自嘲

「妳太挑，所以別人不敢接近。」

「我有什麼資格挑？你太抬舉我了。」

謝禾帆看著她，「這樣講的人，往往是挑得很厲害。」

她笑著看他，當初啓明就是這樣說她，啓明也是後來才鼓起勇氣，問她願不願意跟他交往，「講實話的人往往最容易被誤解。」

「真的沒挑？」謝禾帆放下石頭，事實上，他今天故意在快下班時來找她，想趁下班邀她吃飯，沒想到她這麼晚才下班，他只好在外面閒晃，好不容易才等到她出來。「如果沒挑，很多人就有機會。」

她看他，「你以爲我是什麼王公貴族嗎?真希望就如你說的。」

吃完飯，謝禾帆要送她回家，她怕產生不必要的誤解，便隨意說還要去別的地方，婉拒他的好意。

看著他離去，留下孤單的自己，婉如有點失落，跟謝禾帆認識已經很久了，這是第一次兩人一道吃飯，當兩人這麼近距離的接觸後，她才發現他這麼健談，而且跟她一樣喜歡看書，特別是也喜歡《飄》。

上次她跟啓明談《飄》時，啓明只聽她說，今天她談起《飄》時，謝禾帆說的話比她還多。

婉如沒目的走，她不想太早回家，壓馬路是她最好的殺時間方法。

◆◆◆

早上婉如開完會，撥了一通電話給謝禾帆，告訴他大家的想法，說完後，謝禾帆邀她吃晚餐，她剛開始拒絕，後來被他說服，兩人下班後又一道去吃飯。

自此謝禾帆常找藉口約她吃飯，她漸漸習慣跟他吃飯，也漸漸習慣他的存在。

「妳不要腳踏兩條船，這太危險了。」敏敏提醒她。

「我們只是客戶關係。」她說。

「客戶關係？天曉得，如果是客戶關係，我跟妳吃飯還要排這麼久？」敏敏語帶諷刺。

「真的是嘛！最近公司要推出新產品，所以比較密集接觸。」婉如替自己找理由。

「是嗎？妳公司又不是第一次出新產品，以前沒看到妳這樣？」敏敏不放過她。

「或許，我有點劈腿。」婉如老實說，「每次跟他吃飯，話就講不完，我們有些興趣一樣，談起來的時候，常覺得意猶未盡。」

「我跟妳就沒話說嗎？」

「不是，當然不是，只是感覺不同。」她沒告訴敏敏，這個感覺在啓明身上找不到。

「我不懂妳的感覺，但我只知道啓明對妳很好，雖然他不擅表達，但他對妳是真心的。」

「我知道他對我很好，就是因爲他對我很好，所以我才痛苦。」

「我不知道妳跟那個人的熱火，什麼時候會消退，我必須提醒妳，機會就像小偷一樣，來的時候妳不知道，去的時候會讓妳損失慘重。」

「謝謝妳，妳果真是我的好朋友。」婉如看著敏敏。

「我也不懂婚姻，但我相信婚姻絕不是一時的激情，如果是一時的激情，那很快就會消散掉，到時像煙霧一樣，化作烏有，妳會是什麼都沒有得到。」敏敏看著她，「『李大仁』雖然不是高級料理，但卻是平民食物，這種食物比較會讓人懷念。」

「我不是非吃高級料理不可，但平民食物也不能一成不變，吃多了會膩的。」

「妳看那些金婚銀婚的人，都嘛是吃一成不變的料理，如果妳心態改變一下，會發覺還蠻好吃，這就像穿制服一樣，覺得它沒特色，但至少不必爲穿什麼樣的衣服煩惱，東西從上面下去，就會從下面出來，它的結果是一樣。」

「妳講的沒錯，但我已經嘗過了高級料理，味覺已經被影響到。」婉如嘆了一口氣。

「在妳還沒有被改變前，還是容易調整回來，如果上癮了，像吸毒一樣，到時很難戒。」敏敏再次提醒她。

◆◆◆

啓明約敏敏見面，「我想跟婉如求婚，需要妳幫忙？」啓明說。

「求婚？」敏敏興奮的尖叫，「你要我如何幫忙？」

「我計畫還沒有十分周詳，但我希望那天妳能夠在現場。」

「我幫忙助陣？」

啓明靦腆的笑一笑，「我怕她拒絕我。」

「拒絕你，不會吧，你們在一起三年了。」敏敏說

「是有些時間，但我不知道婉如想不想結婚？」啓明說

「你沒有跟她問過嗎？」

「有啊，但是她大多沒有回應。」

「所以你這次要公開求婚？」敏敏看著啓明。

「妳看這是我剛才去拿的戒指，我花了三個月到處選，終於買到的。」啓明從口袋掏出盒子。

「很漂亮，一克拉？」

「差不多，太貴我買不起。」啓明有點不好意思。

「這夠重了，重點是在心，你真的愛她嗎？」她看著他。

「當然，不然怎麼會在一起三年。」

「如果是就好，很多人在一起了，不是因爲愛，而是因爲性。」

啓明笑一笑，「沒錯，但對我來說這兩者都很重要。」

「那你預計什麼時候？」敏敏問。

「我沒有特別時間，想先看妳的時間安排。」

「這麼重大的日子，不先看一下農民曆嗎？萬一隨便選，剛好是大凶，不是很倒楣嗎？」

「我不信這套，萬一對方不願意，再大吉也是一樣。」

「說的也是，我最近比較空，如果你要行動時，打電話給我就好，要怎麼配合，你跟我講清楚。」

「如果這樣，我想在她生日的時候。」啓明說。

「對，她星期五生日，那最好，這會是最大的驚喜。如果以後有人也在這樣狀況跟我求婚，我一定二話不說，馬上點頭跟他跑。」敏敏羨慕起來。

啓明看她這樣子，不禁也笑了起來，「那星期五下班，我們在她公司樓下見。」

「好啊，對了，要不要我再召一些人馬過來，增加聲勢？」她問他。

「不要，萬一她還沒有想結婚，被拒絕了，我會很尷尬。」啓明笑笑拒絕。

◆◆◆

「生日快樂！」謝禾帆在電話那端說。

「你怎麼知道？」婉如非常驚訝，她並沒有告訴過他。

「這不重要，晚上有空嗎？我們一道慶祝。」他問她。

「我現在沒有辦法回答你，最近公司加班加的緊。」婉如不敢馬上答應，她過去都是跟啓明一道過，但今年啓明都沒有提到，她不知道他有沒有忘記，她在等他的電話。

「好，那下班前我再問妳。」謝禾帆掛上電話。

婉如隨即撥了電話給啓明，但電話沒人接，她只好放下。

好不容易下班了，婉如還不死心再撥給啓明，依舊是沒人接，撥給敏敏也是沒人接，最後她放棄了。

「我在樓下了。」謝禾帆的簡訊響了。

她匆忙收起東西，到樓下遠遠看到謝禾帆捧著一束花，她走過去，他把花遞給她，然後順手抱了她，狠狠給她一個吻，婉如沒有拒絕，兩人纏綿幾分鐘，牽著手離開。

在外面等待的啓明和敏敏，愣在那裏，敏敏拖著啓明過去，啓明撥開她的手，「看樣子我的存在不重要。」他把花遞給敏敏，轉身就走，敏敏追過去，「這可能是誤會？」她邊走邊告訴他。

「妳會隨便跟一個男人深吻嗎？」他問她。

敏敏停下腳步，看著啓明的身影漸離漸遠。

午夜婉如回到住所，屋子空了很多，她非常驚訝，啓明的東西不見了，她馬上撥電話給啓明，電話依舊沒有人接，她又改撥敏敏，「啓明搬走了？」她緊張告訴敏敏。

「我知道。」她淡淡的說。

「妳知道？那爲什麼沒跟我說。」她跟敏敏抱怨。

「跟妳說？妳急著跟男人約會去，還會想聽我們說嗎？」

「你們看到了？」她非常頹喪。

「我們不只看到你們深深的吻在一起，還目送你們離開。」敏敏非常氣憤，「妳知道嗎？啓明要跟妳求婚，所以我們故意不接妳的電話，想讓妳驚喜，沒想到驚喜的不是妳，而是我們。」

「他要跟我求婚？」

「對，他花了三個月選一顆戒指，花一個月慢慢規劃，他緊張一個星期，他……。」敏敏的話，婉如沒有聽進去，她癱坐在地上。

電話不知掛了多久，她站起來，梳洗完後，她拿起《飄》到床上去，這次她沒從前面看，而是翻向最後一頁，「『我等明天回陶樂去再想罷。那時我就能夠忍受了。明天，我想一定有辦法可以把他拉回來，無論如何明天總已換了一天了。』」她嘴裡低聲的念著。

①婉如去找啟明

婉如在一段思考之後，發現她的腦子裡裝啓明的事比裝禾帆的多，她想啓明的時間比禾帆多，於是她收拾好東西，撥一通電話給敏敏，告訴敏敏她要去跟啓明道歉，同時也希望敏敏幫她。

愛情不是得到就學到，必須要先傾聽自己的聲音，當音符越高亢，愛情的幸福指數就越高，那所謂的愛情就真屬於妳了。

②婉如放棄啟明

婉如知道啓明準備跟她求婚的事，非常驚訝，她沒有想到啓明會這樣做，與啓明多年的相處，婉如始終無法從他身上找到自己需要的東西，特別是精神層面，空虛的精神就像失落的靈魂，她一直在找她失落的這塊靈魂，現在好不容易在謝禾帆身上找到，她怎麼捨得放棄呢？

愛情和人生一樣是一種冒險，自己真的愛他？還是只是愛上愛情？生命的車票是單程的，愛情的則可以來來去去，只有踏上旅途，才知道自己的票買對還是買錯。

最好的朋友應該是守在自己身邊的人

但往往卻因為太相信了　最好的朋友常會是傷害自己最深的人

美茹站在窗邊，看到那個人仍抱著箱子站在路邊，他已經站了半小時，她不知道他在想什麼？這讓美茹有點不安，她忐忑的在辦公室走來走去，並不時往窗外瞄，看到他依舊站在原地。

難到「他想回來？」

「如果他想留下，那我該怎麼辦？」

「不對！不對，他的個性是不吃回頭草。」

那是「等我送行？」，「若真等我？我該去嗎？」

「萬一不是，那我不是很尷尬？」，種種思緒在她腦海裡轉來轉去，她沒辦法靜下，美茹又走到窗邊，這次他不見了，她不相信自己的眼睛，然那個地方真的沒有人影了，美茹噓了一口氣。

她回到椅子上，摸摸把手，踏實的感覺讓她不禁笑了起來，這是一場殘酷的死亡遊戲，活著的人才可以留下，她幸運是那一個生存下來的人。

在樓下的江世豪沒有真的走，他把箱子找個地方丟，然後又走回來，只是這次他沒有停很久，他往上看了一下，吐一口水說：「Ishallreturn。」

◆◆◆

美茹升上經理的位置後，工作量自然增多，她每天忙著處理屬下的事情，就把她搞的一個頭兩個大，她現在終於體會到主管不好做。

好不容易把桌上的文件看好，她吐了一口氣，伸個懶腰，起身幫自己倒杯咖啡，她現在不需要像以前一樣，喝個水要翻山越嶺到茶水間去，她只要走幾步就可以獨自品嚐美味的咖啡，她爲自己現在享有的福利感到高興，她端起杯子，咖啡的香瞬間衝刺到她的鼻子，「好喝的藍山咖啡，酸味、苦味、甜味要十分調和，不然不是變苦就是變酸，所以要泡好喝的藍山不容易，它的咖啡豆不只要中度烘培外，另外研磨，烹煮都是要十分小心。」美茹把咖啡送到嘴邊，突然想到這句話，她手上的咖啡正是藍山，她以前不懂得喝，後來因爲世豪煮給她喝後，她才漸漸喜歡上它。

她已經有一段時間沒想到這個人了，她不知道是自己刻意忘記？還是真的忘記？但今天的咖啡卻突然讓她想起他，玻璃外突然一陣吵雜打斷她的思緒，她放下杯子，往門口走去，外面不知起鬨什麼，所有的人都很high，她伸手去開門想出去嘎一腳，但緊急又縮回，她現在的身分已經不同了。

她獨自留在裡面，然外面嘻鬧的聲音，不時穿過玻璃，讓她覺得自己好孤單，自從坐上這個位置，她身邊的人一個一個遠離她，不，應該說保持距離，難道所謂的「高處不勝寒」就是這樣嗎？位置變了，人變了，腦袋也變了？她不知道自己變那裡？總之，以前外面的同事，已經不再拉她講笑話，拉她一道吃飯了。

她拿起杯子獨自品嚐她的藍山，咖啡熱與冷味道差異還真大，她喝了一口變涼的咖啡，覺得味道有點酸，她起身把它倒掉，重新泡上一杯熱的。

◆◆◆

外面的聲音一直沒斷過，這聲音刺穿她的腦波神經，她想到有一次世豪在大家起鬨下打賭，「如果這次業績沒有在第一名，他願意接受處罰。」，大家開始討論如何處罰，其中有一個人提議，「如果沒有兌現，罰她追美茹，如果美茹追不上，罰他請客。」結果大家一致通過，美茹當時怎麼抗議都被駁回，最後只好臉很紅的接受大家的決議。就這樣世豪理所當然的追起她，後來才知道這根本是一項陰謀。

想到這美茹的臉不自覺的紅起來，那時自己剛進來，對一切都不熟悉，世豪剛好相反，他不只是老鳥，而且是箇中老鳥，但那一次他業績真的不再第一名，他被經理叫去罵得臭頭，但出來時他伸出「V」的手勢，其他同事爲他鼓掌，他看著她，頓時她的臉很紅，所有的人也轉過來看她，她那時恨不得地下有一個洞可以鑽進去。世豪就這樣帶她這個菜鳥，從基礎一步一步學。

◆◆◆

外面的聲音慢慢變小，美茹像回神過來，把過去的記憶趕緊擦掉，畢竟現在的她已非當年「吳下阿蒙」了。她起身出去，外面的聲音一下子不見了，她當作不知道剛才的嘻鬧，穿過幾個辦公桌，到另一頭的總經理辦公室。

「妳來的正好?晚上我有個應酬，妳跟我去。」

「是那家公司?」

「不是，是我私人朋友，那些朋友想跟妳認識認識。」

「哦。」

「我忘了，妳找我什麼事?」

「這是您交代的年中企劃，我大概規劃成幾個方向，請您先看看。」她把手上的東西放在他桌上，轉身要離開。

「要走了嗎？」他起身站起來，「到這坐一下。」

美茹回頭到沙發上去，他坐在她旁邊，「好想妳。」手開始不規矩的在她身上滑動。

「現在還在上班。」她說。

「沒關係。」說完，站起身去把門上鎖。

美茹整理好頭髮，把衣服也拉整齊，看看倒在沙發上的人，「我要出去了。」

回到自己辦公室，美茹連續刷了好幾次牙，也用咖啡連續漱了好幾次口，才回到位置上坐。

◆◆◆

那天早上，老總開會宣布經理人選時，大家的眼睛看著世豪，世豪也自認能力與經驗當之無愧，沒想到宣布時，老總眼睛是看著美茹，大家恍然大悟，世豪的眼神透出殺氣，美茹沒有看世豪，會議結束之後，世豪抓住美茹，「妳用賤招。」美茹冷靜的告訴世豪，「你曾告訴我：『成功的定義就是不計一切代價取得勝利』，既然是競賽，我當然是全力以赴。」

世豪放下美茹，「人說最毒婦人心，一點也沒錯，虧我把妳捧在手心上，公司上上下下的人都知道妳是我的人，沒想到害我最深的竟然是枕邊人。」

美茹今天出奇冷靜，「你知道嗎？跟你生活這麼久，讓我學到生活就是權力競賽，這種競賽的目的很簡單，就是知道自己要什麼，就設法取到手，然這種競賽很殘忍也複雜，變化多端，沒有規則，只有競賽結束時才會知道規則在那裡——那就是勝利在誰手上。」她看著世豪，「金錢、性、名聲，都不會構成權力的要素，但權力可以製造這些。」

世豪看著她，「妳想要權力？」

「沒錯，我想要權力，我要知道什麼是絕對的權力。」

「妳知道絕對的權力會造成絕對的腐化嗎？」

「但我相信我的權力是不會腐化的。」

「妳變了，變的我不認識妳了。」世豪痛苦的看她。

「沒錯，我是變了，而且是一點一點的變，我自己沒發覺，當我發覺時，我已經被權力慾望包圍著，當你被慾望支配時，你會明白個人的利益別人都不關心，但別人的收獲無可避免的會造成自己的損失，自己的失敗就是別人的勝利。所以不管是誰，只要自己不能增加力量，別人就會增加力量，當別人增加力量時，自己的力量一定會消滅。」她停了一下，「我不喜歡失敗，所以我觀察許多失敗的原因，發覺失敗的人往往是被技術比他高的對手擊敗，他們不注意自己或別人的動作，只好付出失敗的代價。因此，在這次競賽上，我多觀察你一些。」

「妳現在是說我技術比妳差？」世豪憤怒的說。

「不是，你的技術比我強，但你沒有注意別人的動作。」

「妳現在在炫耀嗎？妳知道嗎？我壓根都沒有把妳當對手，我認爲我們是坐在同一條船上的人，只要彼此的合作就能創造好的業績，所以我一直把妳視爲我的好夥伴、好情人，甚至將來的好太太，沒想到妳卻暗算我，妳……，幹！」

◆◆◆

那天，世豪搬離了自認為的愛巢，也與那家公司做徹底切割，美茹沒有挽留他，她知道他不會留下來，她也知道他留下來對她沒有多大好處。

為了證明自己有當經理的資格，美茹展現她的能力與魄力，在短時間內把公司業績增加一倍，那些在下面罵她無情的人，也只好閉上嘴巴。

美茹與老總的關係，因為世豪不在，更加明顯化，美茹自己也不必諱，大大方方與老總走在一起。

隨著業績的增長，美茹的地位越發不可同日而語，一段時間之後，世豪的名字已經不再被公司的人提起，美茹覺得自己似乎脫胎換骨，不再有世豪的影子。

美茹的辦公室換了，她現在不只喝咖啡不用出去，連上洗手間也可以獨自在一間，她坐在落地窗前，俯視外面，雖然高處不勝寒，但視野好很多，她端起咖啡，遠挑著朦朧的天空，她喜歡這朦朧感，朦朧本身就是似存在又似不存在，然後因為看不清楚，讓人又有一種神祕與不安感。

咖啡輕輕傳來的引誘味，打斷她的思維，她斯文喝了一口，她的咖啡不再是中度烘培的藍山，而是深度烘培的曼特寧，「曼特寧深度烘培後，散發出濃厚的香味，它的酸度適中，甜味豐富多變，耐人尋味，很像一段甜美的愛情。」她想起這段話，當初從藍山試喝完，再品嘗曼特寧的味道後，沖泡的人跟她形容，最後她選擇中度烘培的藍山。

這段話她不知爲什麼記得這麼清楚，原本以她初嘗戀愛滋味的人，選擇曼特寧應該更貼切當時的心境，但她選擇跟他更接近的品味。

她端起咖啡一口一口啜起，她忘記什麼時候改喝曼特寧，只依稀記得店員跟她說剛進一批曼特寧，她連思考都沒有就叫店員換。

「換喝咖啡如換心情。」這是店員交給她時說的，她喝完手中的咖啡，突然覺得自己心情不知不覺已隨曼特寧而改變，她對自己傻笑，自己不只內在改變，連頭銜也改變，已從經理變副總經理，再過不久總經理就不遠了，她對自己進步的速度感到滿意，人不就是追尋夢想嗎?人不也因爲有夢想，所以才有現在的科技發展？

曼特寧的味道在房間裡環繞，美茹讓自己被它包覆，她喜歡這種感覺，就像自己以前房間充滿著藍山的味道，他說被藍山包圍有一種幸福感，他說他喜歡這種幸福感，然後講完他會睥睨著她，再找尋另外的一種幸福，兩人常常在狹小的床上精疲力竭。

她再端起杯子，才恍然自己剛才已喝完了，她起身再給自己斟上一杯，她不知道自己一天到底喝幾杯，她只知道只要一倒咖啡，那咖啡香就會環繞房間，她不知道自己是喝咖啡還是聞咖啡。

◆◆◆

敲門聲驚醒了她，把她拉回現實的戰場，祕書送了一些文件及書信過來，她大概看一下文件內容，便拿取信件，這是德山公司的邀請函，她記得德山公司的祕書有告訴她，他們公司要慶祝成立三十週年，德山是她的大客戶，慶祝三十週年對她當然是很重要，因此她交代祕書問對方需要什麼，然後送過去。

美茹批完公文後，看桌上的那些文件，嘆了一口氣，她桌上的文件隨她位置越高，變得越少，辛苦的代價也成反比，以前忙到沒時間思考，現在閒到思考時間太多，人一閒想的事情就越多，而偏偏想的又是過去事。

「真的是自己老了嗎？」美茹不禁問自己，人家說年紀越大最喜歡憶當年，她沒有多少當年可以回憶，但些許的事情卻如烙印般深深刻上，讓她想忘也忘不了，特別是現在空閒的時間越多，那些東西會不打招呼的出現，而每次出現就會像一把刀輕輕割她，第一次割不知道痛，第二次在同樣位置，疼痛感就加強，第三次依序累加，因此她常覺得心在絞痛。

美茹站起來，走到窗邊，她喜歡俯視窗外，在高樓往下看，窗外的東西就變小，那有一種凌駕他人的權力慾及優越感，她背著門讓自己像皇帝般在觀看眼下的百姓。

她靜靜的，無聲的，這是她的世界，她所擁有的，她能掌控的，下面的車子一部一部不停交錯著，就如隔壁辦公的屬下，井然有序的接受著習慣指令在前進。

她看著下面的車子，每一部都在有限範圍內規規矩矩的前進，她非常喜歡這樣的感覺，秩序本來就是基本的交通規則，她正喜悅看著台北交通的進步，突然間有一輛紅色車超越上來，硬是要僭越別人的位置，她非常氣憤，她最不喜歡被別人僭越，那部紅色車子不管其他人，硬是闖越過去，然後呼嘯不見了。

美茹滿懷憤怒的替那些車主抱不平，當憤怒積滿她心中時，一陣聲響又把她拉回到真實空間，原來是電話聲，她走回位置。

「陳副總嗎？我是德山吳祕書。」聽筒傳來悅耳的聲音。

「吳祕書，有什麼事？」美茹親切的回應。

「是這樣的，不知您有收到我們的邀請函了嗎？」

「有，恭喜你們，很不簡單，貴公司有三十年了。」

「謝謝，我們非常辛苦的走過來，那天不知您會不會出席我們的慶祝酒會？」吳祕書懇切的問。

「會啊！這麼重大的日子，再怎麼沒時間也要過去，不知道貴公司有收東西嗎？」她問她。

「您來就是最好的禮物，我們公司不收東西。」

「那花圈或花籃類呢？」美茹怕失禮。

「真的不需要，現在大家講究節約跟環保，所以不需要浪費了。」

「如果真的是這樣，我就帶兩串蕉了。」美茹還是有點不放心。

「您來就是最好的禮物了，那我們會場見。」

放下電話，美茹想到三十年，這很長，不知三十年後自己會不會還坐在這裡。

◆◆◆

德山不愧是大公司，蓋冠雲集，美茹看到平常在檯面上張牙舞爪的政客，很親切的在跟一些人交換名片，常說上了台就是演戲，脫了戲服就是平常百姓人家，台上台下人生不同，在台上可以是皇帝，在台下想當皇帝還要看有沒有這個命，脫下戲服的政客，客氣到令人受不了，美茹走到另一個角落，她不喜歡政客，就如她不喜歡看政論節目一樣。

在這角落她可以悠閒自在的不受干擾，雖不受干擾但卻不時有熟識的人過來，美茹自是不吝惜的上前問好，她雖不是政客，但是她是商人，商人的原則就是不得罪客人，最好的商人就是聯合次要敵人打擊主要敵人，她突然想到這句話，這是誰告訴她的？她開始覺得揪心。最近，真的太閒了。

美茹自然應付與自己有打交道的客戶，這些客戶也很大方的介紹一些朋友讓她認識，因此她手上的名片增加不少，她很高興這樣的回收，生意做久，隨時有成本概念，她目送身旁來來去去的人，突然間，她臉色微變，她看到一個熟悉的身影，這個影子已經好幾年不曾在她眼前出現了，她震驚的緊握名片，她假裝轉身，但速度不過快，已經被那個身影看到，他禮貌性的走過來。

「聽說妳混得不錯。」他笑著跟她說。

「還好，只是混口飯吃。」美茹客氣的回應，手上的名片幾乎被她捏爛了。

「這麼多年不見，我沒什麼長進，眼光不像妳這麼銳利，也不懂得觀察周遭的人，所以混到一個小小的職位，還怕這名片放不了妳的名片簿。」他把名片遞到她手上，她低頭看了一下，臉色馬上變白，「德光副總經理江豪世」，她差點沒暈倒，他看著她微抖的身子，兩上露出詭異的笑容，「以後請多多指教。」

她看著他，眼神充滿著恐懼，「你改名了？」

「離開那天，我就去改名了，我告訴自己，如果不扳回這一城，我的名字不會改回來。」他看著她。

她在冒冷汗，「所以之前你剛上任時，我想去跟你道賀，你一直不肯。」

「我是小人物，哪需要勞駕妳過來。」他客氣有禮貌的說。

「你現在想對我做什麼？」她非常擔心。

「我能對妳做什麼？妳只要眼睛一瞄，身體一躺，什麼問題都解決了。」他諷刺的說。

「你……」她氣的說不出話來。

「這段時間你做了手腳對嗎？」美茹懷疑的問，他們公司與德光交易量有逐步減少趨勢。

「陳大副總，您也太抬舉我了，我那有本事去主導市場。」他笑咪咪的說。

「如果你想報復我，針對我就好，不要針對公司，畢竟有很多人要養家活口。」她語氣變緩和。

「當初妳盛氣凌人致人於死時，怎麼不見妳的慈悲。」他看著她，眼睛露出兇光。

「我……」她說不出話來。

「妳如何要我？妳一點記憶都沒有嗎？」他憤憤的說。

美茹低下頭，眼眶泛著淚水，她輕輕的拭去，擦完眼淚，她抬頭看著他，

「我現在身體不舒服，我想先離開，祝貴公司一路紅盤。」

「這麼快就被打敗？妳的本事不見了？還是妳只有躺下來的本事。」他嘲笑她。

「你羞辱夠了嗎？如果沒有改天再繼續。」她轉身就走，不再理會他。

她上了計程車，整個身子癱了下來。

大抉擇

①美茹開始布局開始應戰

美茹坐在計程車上，心裡非常忐忑，她知道志豪的報復計畫已經展開了，一場戰爭不能避免的要開始，她知道自己現在的實力，無法跟他單挑，因此自己必須先擬定策略，她於是一方面計畫如何讓公司止血，也同時去做一些結盟的動作。

解鈴人仍需繫鈴人，終究是無法逃避自己設的局，開戰的人是自己，最終的果實必是要自己去嚐。

②美茹贏面不大找志豪求饒

美茹在計程車上難過得哭了起來，她知道志豪一旦報復起來，公司絕對會支撐不住，她不想讓自己好不容易建立起來的王國因此毀掉，她決定回去求志豪。

人算不如天算，再大的本事仍逃不出天理，爲別人留後路，就是爲自己留一條生路。

這樣的人讓他走

人一生當中往往要交過一些人渣　才會變聰明變成熟
人渣雖然不值得留念　但他有一定的存在價值

在車上，翠芬一直在想，「是不是自己的話太直接了，所以梅她受不了？」想到這，翠芬心頭痛了起來，「我太自私了，不應該不站在梅的立場上想」，她難過的眼淚在眼眶裡打轉，只是她現在再怎麼自責，也無法改變事實。

早上梅打電話給翠芬，說她接到一位陌生女子的電話，那女子叫她二十號，她知道二十號的意思後，崩潰了，翠芬沒空安慰她，只叫她不要理會這名詞，但沒想到梅卻一時想不開……

「司機先生拜託可不可以快點？」翠芬邊看手錶邊要求司機。

「小姐我已經很快了，再快下去就超速違規了。」

翠芬看了錶，車子才走五分鐘，是自己太心急了，她在車上坐立不安，眼前盡是梅的影子。

◆◆◆

前天跟梅在餐廳碰面，梅那天還特地站在餐廳門口等她，翠芬遠遠的看她，她穿著白色合身T恤，及緊身牛仔褲，然後脖子上繫著一條絲巾，牛仔褲把梅修長的腿給顯露出來。

梅看到翠芬，笑嘻嘻地拉著她，兩人相偎的進入餐廳。

梅摘下太陽眼鏡，看著翠芬，莫名其妙的問她，「我是不是變很多？」

翠芬愣了一下後看著她，「妳變得很漂亮。」她不禁讚嘆起來，「妳早應該這樣穿。」

梅大笑，「我以前穿的真土。」

翠芬想到梅以前保守的樣子，跟眼前時髦的熟女真的差異很大，「妳第一次穿緊身衣出現在我面前時，我被妳嚇到，我沒想到妳是這麼有料的人，我當時不敢相信自己的眼睛，還虧我們認識這麼久。」

梅故意在她面前調整一下坐姿，讓翠芬非常生氣。

「是啊！早該這樣穿，這樣我才不會傻不隆咚的，一被別人讚美就跟著別人跑。」梅語氣酸酸地加上一點怨氣。

「妳跟他不是很好嗎？」翠芬有點訝異。

「是很好，好到被賣了都不知道。」梅嘆了一口氣。

「你們出了什麼問題？」

梅再嘆了一口氣，「我以爲我碰到我生命中的Mr. Right，那曉得這個Mr. Right是個……算了，算我倒楣，眼睛沒睜大，經驗不豐富，別人的三言兩語就上當了。」

翠芬不相信自己的耳朵，梅之前還很高興的說，她正等他解決問題，問題處理完後，他們要準備結婚，一個要準備結婚的人，突然說出這樣的話，讓她不禁想到「婚前恐懼症」。

「妳是在害怕結婚嗎?很多人在結婚前都會出現所謂『婚前恐懼症』，妳該不會也有這樣的問題吧?」

梅看著她，頓時眼眶泛出淚水，「他謝謝我九個半月的陪伴，五十三次的性愛。」梅激動地說出來。

翠芬不可置信地聽到梅的話，「九個半月的陪伴，五十三次的性愛。」，「他把妳當作什麼?」翠芬莫名的生起氣來。

「我以爲他愛我，沒想到我是他寂寞的代替品。」梅又激動起來。

翠芬不知道梅到底發生了什麼事，但梅說出來的話，簡直是小說的對白。

梅擦掉眼淚，「我們分手了。」

「分手?」翠芬手上的杯子差點沒掉下去。

「他是騙子，他不只騙了我的人，我的感情，現在我連工作都沒了。」

梅雙手摀著臉，不斷啜泣，翠芬沒有阻止她，她靜靜坐在旁邊，梅哭了一陣子，抬頭看我，「我是不是很笨？」

「是有點笨，但發現得早，相互抵扣，就不算了，人一輩子要交過一些人渣，才會變成熟。」翠芬安慰她。

梅聽她這一說，反笑了起來。

翠芬說：「『辦公室戀情』一個上下關係向來是沒結果的戀情。如果是會計與上司，會計厲害的話可以扶正當正宮娘娘，或者另闢小窩當嬪妃，如果是祕書與上司，大概維持三至五個月，恭喜妳超出時間。」

「照妳這麼說，我功力不錯，把人家拖了九個月。」梅說完，兩人相視大笑。

◆◆◆

到了醫院，翠芬看到梅蒼白的臉，她想梅現在的心，就像拿美工刀一點一點的割自己一樣。翠芬握住她的手，一句責備話也說不出來。

梅看著她，眼淚流了出來，翠芬拍拍她的手，開玩笑的說：「還好可以跟妳看明天的太陽。」

那天梅說是不是自己雞婆惹禍上身，翠芬回說不是，只是邱比特忘記戴眼鏡，把箭射偏了。

「我就是自己太雞婆了。」梅自責的說，「他當時就告訴我，他女朋友外派到美國受訓十個月，我以爲自己不是搶人朋友的那種人，只是把他當下班後的朋友，沒想到………。」

「妳白痴嗎？人與人相處久了，會有感情的。」翠芬罵她。

「我不知道自己什麼時候喜歡上他，他也不知道自己什麼時候喜歡上我。」

「喜歡往往在不知不覺中偷偷進行。」翠芬說。

「妳現在是編劇嗎？講得好像是經典台詞。」梅說，稍後梅又接著說，「他是紳士，一直表現翩翩風度。」

「如果他沒有翩翩風度，妳還會繼續跟他交往嗎？」

「這……」梅停了一下，「我真的沒想到這一點。」

翠芬看著梅，她似乎在找尋答案，一陣子之後，「或許是，或許不是。」

「妳這是答案嗎？他是妳的主管，如果不表現風度，他怎麼帶人？」

梅看著翠芬，點了好幾個頭，梅說：「他是主管，我看到他常一個人留下，覺得非常可憐，於是就稍微關心他一下。」

「關心一下，就關心到床上去。」翠芬直接接下去。

「剛開始不是這樣，那是後來我發現他對我有感覺，而我也是，所以……。」

「他跟妳說什麼個人悲慘故事？」翠芬問梅。「他沒有個人悲慘故事。」梅白了她一眼。「他就是寂寞罷了。」

「寂寞？天下的男人都是以寂寞做開場白，妳連續劇和小說看得太少了。」翠芬告訴梅。

「是喔！只有妳一個人頭腦清楚。」

「是啊！旁觀的人頭腦永遠是最清楚。」

梅在爲自己的錯誤找出口及理由，但她卻狠狠的灑她冷水，也自認爲是讓梅清醒是最好的方法，但是她忽略，所謂最好的方法並不適合每個人，且每個人中毒深淺不一，藥效不能一致。梅是慢性疾病，應該要開緩和的藥給她，她卻開了最強烈的藥給她。

◆◆◆

躺在床上的梅，緊閉雙眼，她原本瘦小的臉更顯得小了，翠芬坐在床旁邊，手握著梅的手，深怕她會真的離開自己。

兩個人靜靜的沒說話，翠芬不知道此時該說什麼好，只好無聲勝有聲，沒多久，梅沉沉的睡著，她的心也漸漸放下。

翠芬聽到梅微弱的呼吸聲，讓她想到在餐廳時，梅還灑脫的端起葡萄酒說，「爲第一次出征就可維持九個半月的功力乾杯。」

只是乾完杯後，梅又難過起來，「我好恨，我的夢還沒有編完，就被叫醒。那天我在上班，突然有一個女孩出現，她說要找他，他看到她，嚇一大跳，我看到他的表情，心裡預感會有不好的事情，他們在辦公室竊竊私語了一段時間，他把她送下樓。上來的時候，我看他獨自進辦公室，沒有看我。」

「到了中午，我們一道吃飯時，他說他被女朋友嚇到，她提前回來沒有告訴他。」

「『原來那是你的女朋友？』我痛苦的對他說，他望著我抓住我的手，想說話又沒說，他點點頭，我頓時像被炸彈炸到一樣，滿身是傷。」

「之後，我們還是在一起，但他的心已經漸漸走失了，我知道他很爲難，情人與女朋友，要如何抉擇？」

「那一個晚上，我們深深做了一個很久的愛，我問他選擇誰？他雙手摀著頭，哽咽的告訴我，他不知道，他很痛苦。」

「他說他愛我，但他沒有辦法跟交往十年的女朋友說分手就分手。」

「我輕摸著他的頭，我說我了解他的痛苦，對一個爲自己付出十年青春的女人，怎麼能在一夕之間說不愛了就不愛，如果你可以這麼絕情，我想我們也沒有必要在一起。」

「他抓著我的手，看著我，問我該怎麼辦？」

「我說如果你真的愛我，你必須要跟她說，爲避免她起疑，我們暫時分開，等到你問題處理完了，我們再在一起。」

「我以爲這樣就不會當小三，我以爲我氣度大，我以爲我是明理的女人，結果是………，我竟然是一個大笨蛋，笨得主動提假性分手，沒想到竟然真的分手，從此以後他再也沒有找我。」

「我們像陌生人一樣，在辦公室相遇，四眼再也沒有交集。」

「後來我受不了，就提出辭呈，他當場批准，特別又跟我謝謝這九個半月的相處，五十三次的性愛，我真的很笨，妳想兩人相愛誰會記得多少次，他竟然都清楚，妳想這個人的心態是什麼？擺明在耍我，我只是他收集簿的一個名單，後來我發現那個女孩子根本不是他的女朋友，他們在演一齣爛戲碼給我看。」

梅邊說邊哭，她說自己的情感雷達不靈，所以才會有這樣的下場。

對於一個失戀的人，她的痛只有自己知道，翠芬佩服梅按耐了好些天，才跟她說，「妳現在想通了嗎？」翠芬問她。

梅點點頭，但她知道沒有人可以這麼快復原，何況是初傷，翠芬伸手握了梅的手，「一個只會收集女人的男人，把女人當商品，即使是最貴的東西，他充其量就是放在保險箱裡，妳要被鎖在裡頭嗎？」

梅再次點頭。

◆◆◆

梅翻身把她的思緒打亂，翠芬看著她，以為梅醒了，梅眼睛沒打開，繼續她的夢。

睡覺對梅來說是當前最重要的事，特別是她已經有好長一段時間無法睡覺。梅跟她見面拿下太陽眼鏡時，翠芬看到她凹陷的雙眼，她才說出她已經失眠一段時間了，她問梅「從那女人出現開始吧？為什麼不告訴她？」

梅說：「情敵如果自己不能解決，那又如何能打贏這場戰爭。」

「妳的解決方式是不睡覺嗎？」

「那是初期要花時間想策略。」梅說。

「妳怕我擔心妳嗎？」

梅低下頭喝她的紅酒。「事實上我們一直相處得很好，喔！直到那女人出現以前。」

梅似乎在追憶往事，眼前的東西她好像看不到。

看著梅忘神的表情，翠芬想到錢鍾書說的「愛情多半是不成功的，要麼苦於終成眷屬的厭倦，要麼苦於未能終成眷屬的悲哀。」梅屬於後者，看梅的傷情，她想到自己的過去，翠芬不禁懷疑這世界上是否有長久的愛情？為什麼所看到的愛情跟劃火柴一樣，只會散發出短暫的光芒，隨即便消失掉。

翠芬看著失神的梅，想到有人對她說過，「愛情是自己一個人的事，愛人或被愛，只能自行了斷」，她自己當初也有一場撕心裂肺的愛情，如今那些苦澀滋味，她現在似乎沒感覺了。

◆◆◆

梅情緒沒有抽回，「我第一次跟他約會時，妳告訴我妳不欣賞他，我說妳是在忌妒，妳當時是在忌妒我嗎？」

梅這一問，把翠芬問傻了，她思索了一段時間，「我不知道，或許有或許沒有。」

「這回答很籠統。」梅說。

「我不喜歡一個男人腳踏兩條船，他對妳就是在劈腿，但他的條件確實不錯，所以，或許我是在羨慕妳吧。」

「現在呢？」梅問我。

「這還用說，恨不得斃了他。」翠芬想到他謝謝梅的話，「一個男人沒品到這樣，還留戀做什麼，除非是一個笨女人才會繼續跟他在一起。」

「對，只有笨女人才會跟他在一起。」

「妳知道我們第一次是怎麼開始的嗎？」梅想到了什麼。

「？？？？？」

「那天，我們去看電影，一部比較大膽作風的電影，看完之後，他說要送我回家，他平常都有送我回去，那天他說要送我上樓，我很高興答應他。」

「他陪我上樓，手拉著我的手，他平常也會拉我的手，所以我沒有拒絕他，到了門口，他的手放在我的腰上，我嚇一跳，但我覺得這樣感覺很好，所以我也沒有推掉他的手。」

「他挽著我的腰進我的房間，然後突然他把我推倒在床上，我們四目相望，彼此眼中好像燃燒一團火，就這樣，我們就這樣開始。」

「我當時腦子沒有拒絕他，所以就讓事情發生了。事後，他說他沒有與自己女朋友之外的女人在一起過。」

「你相信男人說這種話嗎？」翠芬問梅。

「我當時相信他，我還問他，這個女朋友是初戀情人嗎？」

「他說是而且彼此認識已經十年了，雙方家長都很熟，準備在女朋友回來之後結婚，但沒想到這時碰到我，他才發現過去的愛情不是愛情，現在才知道什麼是愛情。他說他愛我，所以現在很痛苦，因為他不應該愛上我，他有一個交往很長要論及婚嫁的女朋友。」

「後來我問他訂婚了嗎？他搖了搖頭。我說還沒有，就表示大家都沒有被法律約束，可以有自由選擇的權利，很多人到最後結婚的對象，往往不是當初愛得死去活來的那個人。」

「我給自己找了許多理由，我們有了第一次接觸後，第二次就很快了。」

「我也發現自己真的愛上他，朝夕的相處，更感覺他是可靠的男人，於是我越願意把自己給他，每次在一起我們都很快樂。」

梅說著說著又流下淚，對梅來說，她把一生付出去了。

翠芬把衛生紙遞給梅，梅早把手上的衛生紙用完，看她擤著鼻涕又擦乾眼淚，她問梅下一步呢？

「還有什麼下一步，難道要去告他遺棄嗎？有這樣的法律嗎？我一定第一個去按鈴申訴。」

「你恨他嗎？」

「在愛情道路上，可以說恨嗎？如果被愛情傷害，這何嘗不是我先點頭同意的。」

「那妳會放手嗎？」翠芬像心理醫師一條一條問。

「人家已經不要妳了，難道我還要死皮賴臉嗎？」

梅似乎想透了，她端起酒杯，睥睨看著翠芬，「妳以為我會想不開嗎？放心，都活這麼大了，還在玩小孩子的遊戲。」

梅把最後一口喝乾，又順手把酒杯倒滿，翠芬沒有阻止她，這個時候就讓她痛快的喝。

那天兩個人喝了不少酒，微醉的從餐廳走出來，翠芬以為梅已經可以接受被拋棄的事實，沒想到梅只是在她面前裝出來的。

梅又翻了身，這次她把眼睛張開，看到翠芬還在這，拉著她的手，「我只是把剩下的安眠藥吃完，沒想到藥性過強。」

「下一次要吃前，請問我這位專家。」翠芬拍拍她的手，兩人都笑了。

梅出院時，翠芬請假去接她，她們叫了一部計程車，梅說要去一個地方，翠芬不知這時梅會想去那，但梅既然有事，她自然願意跟她過去，車子繞到東區，然後在一棟大樓停下來，梅沒說什麼，但翠芬卻很緊張，「妳還想幹什麼？」

梅看了翠芬一眼，「只是想做一個終結，就如妳說的，他不值得我再去爲他犧牲。」

梅說完，拍拍她的手，翠芬的心還是有點忐忑，車子停了一下，梅請司機開車，當車子緩緩移動時，梅突然叫司機停下來，翠芬跟司機都被嚇到，梅拉下窗戶，指著前面說，「他又找到二十一號了。」

翠芬順著她指的方向看，果然那個收集名單的男人，手上攬著一個妙齡女子，非常親密走在一起。

◆◆◆

①梅叫司機開車

梅指著那個男人，告訴翠芬，這樣的爛貨，我竟然爲他自殺，我真的頭殼壞掉了，還好我沒死，從現在起我一定要過得比他好，然後出現在他面前，讓他後悔一輩子。

柳暗花明又一村，走過彎道才知前面有更寬的道路，給自己機會，才有多一條路的選擇。

②梅下車打了那男人一巴掌

梅怒氣沖沖的下車，走到那個男人面前，甩了那個男人一巴掌，然後告訴那個女的：「他是爛貨，到處找獵物，我是他的二十號獵物，上星期笨的爲他自殺，妳現在排序是二十一號。」講完，梅對那男人冷笑，然後轉身上車離開。

躲在窗下的人

愛人及被愛是一件幸福的事
但愛錯人或愛得不對　那不叫幸福　而是自虐及虐人

「今天又是我一個人孤守著，她隨著飛機的起降，不知被載到那裡？看著沒透出光線的窗戶，我的心就如夜晚的寂寞空虛。」宏泰闔上日記本，習慣性的走到窗邊，對面依舊是暗暗的，他知道今晚她不會回來了，看著她睡覺，是他的晚安曲，他也關上燈。

朦朧中他好像看到一個人影進來，那個人靜靜走到他旁邊，低頭吻了他一下，他習慣的抱住她，她也習慣的依偎在他身上，他習慣得把她身上的衣服，一件一件的脫掉，當她的赤裸身體貼近他時，他興奮……，啊！他跳了起來，

「幹！」他順手抽出一些衛生紙，把身上擦乾淨。

他最近不斷做同樣的夢，這個夢是從哪裡開始？他躺在床上思索著，那是個偶然，她光著身體在房間走動，他不是一個好奇的人，但那天他不經意的往外看，這樣養眼的畫面，像瞬間的掃描，一下子被掃進記憶卡的中樞，他不由得被吸引著，從此他像守在樹下的農夫，看有沒有不小心再被撞昏的兔子。

◆◆◆

他匆匆吃完飯，關上門，並上鎖，他走到窗戶旁，把窗簾全拉上去，對面依舊沒有光線，他有些失落，不過他知道她今天會回來，這是他觀察下統計出來的規律表，她每五天回來一次，然後休息三天又出去，今天是第五天，所以是她回巢的日子。

宏泰回到書桌，把燈打開，他草率把桌上的作業寫完，之後，他把抽屜的望眼鏡拿出來，調好距離，然後把燈關掉，靜靜的等待。

時間就在黑暗中前進，宏泰看了一下手錶，還差十分十點，他覺得有點渴，起身出去倒杯水，水喝完解了渴，但他卻開始浮躁起來，於是他又出去倒了杯水，回到椅子上，手上的手錶再兩分就十點，他喝了一小口的水，把燈又關掉，心裡在默數時間，數到九、十時，對面的燈亮了，他小聲的喊了「賓果」。

她跟往常一樣，開了燈，然後把窗戶打開，然後把制服換掉，穿上寬鬆的睡衣，把頭髮卸下，宏泰很不喜歡她卸下頭髮，他覺得她把頭髮盤上去比較好看，她今天的睡衣是淺藍色，淺藍色配合她的膚色，他想了一下，這個顏色還好，他覺得像她皮膚這麼白，事實上所有顏色都適合，她拿了浴巾，他知道她要去浴室，這一去可能又是一個小時，所以宏泰躺到床上。

迷糊中他覺得自己像睡著了，可是意識又很清醒，他看到她走過來，把睡衣脫掉躺在他旁邊，他正要翻身抱住她，他突然驚醒過來，低聲罵了一句，他坐了起來，把棉被擦乾淨。

自己不知不覺睡著了，他起身坐回椅子去，對面房間沒人，他看了一下時間，只過了四十分鐘，他無聊的撥弄望眼鏡。

過了等待時間，她回到房間，頭上盤著毛巾，然後她把毛巾拿下，一頭長髮隨著滑下，她邊擦邊吹，乾了之後，她把頭髮綁個馬尾，坐在床上看起電視，一段時間後，她關起燈。

她關上燈後，宏泰打開自己的燈，拿出抽屜的日記本，「燈亮了，這燈同時照著外面的人……或許是我的多情，但多情有錯嗎？」他收起日記，緊緊得上起鎖，放回抽屜。

◆◆◆

淑琪啊了一聲，手上的東西散落在地上，她蹲下去把另一手的東西放在地上，順手把撒滿地上的東西，撿成一堆，她望著那一堆東西。

「要不要幫忙？」淑琪頭上傳來聲音。

她抬起頭，一個年輕人站在她前面，「沒想到袋子破了，你要幫我忙？」她看了看那年輕人。

年輕人蹲了下來，把包包的書拿了出來，然後把地上的食物放進去，淑琪看著他的動作，「真的謝謝你。」

兩人快速的把東西放在包包裏，淑琪把放在地上的東西拿起來，年輕人抱起書，背起包包。

兩人邊走邊談，淑琪轉到一個巷子，然後在一棟公寓停下，「真的謝謝你，讓你幫忙。」

「沒什麼，我也是住在這。」年輕人說完，指這對面房子。

「真的嗎？」淑琪吃驚的說。

年輕人看到她驚訝的表情，想笑又不好意思笑，「這東西……？」

淑琪有點不好意思的說：「如果方便，你好人可不可以做到底，幫我送上樓？」

兩人上樓，到樓頂時淑琪取出鑰匙，打開房門，「麻煩你把東西放在這。」

年輕人把包包放下，再把東西取出。

「我竟然忘記問你名字？」

「我叫林宏泰。」年輕人此時有點靦腆。

「我叫王淑琪，今天真的謝謝你，以後有空可以過來坐坐。」淑琪講完，把剛拿出來的飲料遞給宏泰，「喝點東西。」

宏泰接了飲料，一口氣喝完，然後拿取包包，「我要走了。」

宏泰在她關完燈後，從抽屜取出日記，「她今天終於知道我了。皇天不負苦心人，真得感謝那個袋子。」寫完後，宏泰心情亢奮到睡不著，他站在窗戶邊，注視著那關了燈的房間，他想著自己的手是她的枕頭。

◆◆◆

生活就像貝多芬的「奇想迴旋曲」，不斷快速重複的進行。當淑琪的高跟鞋在轉彎處響起時，宏泰就會背著書包假裝補完習，剛好在巷口出現，兩人就因而相互打起招呼，然後宏泰會順手幫淑琪把行李提到樓上，淑琪常常留他坐一會，然後目送他回去，兩個人在陽台上揮手。

如往常般淑琪該在巷口出現，但卻沒見到蹤影，宏泰心裡著急起來，自己不知該等她還是不等她。等她，那他跟她說補習的事就會自動揭穿，如果不等她，今天就無法到她家去，宏泰在巷口徘徊，時間隨著月亮的轉換越來越晚，宏泰無奈只好上樓回家。

他不時注意對面的房間，淑琪依然沒出現，「我期待的約會落空了，漫漫長夜叫人如何渡過？悽悽慘慘戚戚。」他闔上日記，也關起燈。

等他醒來時，她已經在客廳，宏泰看到她在客廳坐著，旁邊還有一個人，他看不清楚，她的身影擋住了他的視線，他趕緊打開抽屜，把望眼鏡拿出，那個身影仍然看不清楚，但約略可以看到對方的衣服，這衣服不是她的睡衣嗎？

宏泰有點不快，他眼睛沒離開那個人，那個人突然手伸到她身上，宏泰頓時像被刀割，痛到不行，那是一隻男人的手，難道她昨晚跟他在一起？他等不到她就是因爲『他』？宏泰不敢想下去，他也不願想下去，他放下望眼鏡，頹喪的坐在椅子上。

淑琪跟那個男人，在客廳坐了一些時候，然後兩個人進了房間，當宏泰再看她時，已經不在客廳了，宏泰趕緊拿起望眼鏡，窗簾已被放下，宏泰再度倒臥在椅子上，這次比剛才更痛。

宏泰躺了一下，突然跳了起來，打開抽屜拿了一件東西，開門就衝出去，他爬到對面大樓，很緊張的按門鈴，心裡一邊希望有人開門，一邊又怕有人出來開門，不過緊張歸緊張，宏泰還是用力按了門鈴。

宏泰在門外靜靜的等待回應，他等了大約兩分鐘，裡面還是靜悄悄，宏泰有點不甘心，她明明在裡面，於是他又用力按了一下，這次按的時間延長，果然，裡面的人庸庸懶懶的出來。

「是你?什麼事?」淑琪看到他

「我上次說要送這個給妳。」宏泰拿出一張光碟，淑琪看了一下，「哦！我忘了，謝謝你。」講完，順手把門帶上。

「妳會安裝嗎？」宏泰問她。

她門關了一半，「我研究看看，如果不會再跟你問。」

「妳好像有事？」他問她

「是有一點事？」她說

「妳裡面有人是嗎？」他問她

她看了他一下，「沒有。」

「真的沒有？那爲什麼不請我進去坐？」他反問她。

「我今天太累了。」她說

「真的太累？還是『運動』得太累？」他的聲音越來越大。

「我累不累還要跟你報備嗎？」淑琪被激怒了。

宏泰看到淑琪不高興，心開始軟化，態度變和緩起來，「我只是關心妳。」

「謝謝你，但我真的很累，我休息夠了，我再看你的光碟，如果不會我會找你過來。」淑琪也把聲音變柔和起來。

淑琪關上門，宏泰失望著離開，他衝過來想看這個男人，這個男人卻躲在屋子裡。

◆◆◆

之後淑琪的作息，開始不規律，她不再五天回來一次，宏泰抓不出她的規律性，只能等待她的出現。

「我真的不如那個男人嗎？我知道自己還年輕，但年輕不是原罪，在愛情世界裡，難道有年紀之分嗎？她的眼睛似乎看不到我了，爲什麼要只見新人笑，沒有看到舊人哭，這何其殘忍？難道她沒有看到我悲傷的心情嗎？」他蓋上筆，關上日記簿，望著空寂的房子，那個燈今晚不再亮了。

淑琪在失蹤一段時間後，又出現在宏泰面前，這次淑琪看到他，不再像以前一樣，保持遙遠距離，她拍他的肩膀，主動邀他一道打電動，於是宏泰第一次有機會跟她這麼貼近玩在一起。

「第一次我們坐這麼近，她的頭髮很香，我很想伸手去摸，但我的手又縮回來了，她那白透的皮膚，好Q好軟，她握著我的手時，我真希望時間就此停住，我打輸她，我一開始就輸了，因爲……，如果可以我願意一直輸她，也願意一直陪她，只是不知道她願不願意？她雖然笑得很開心，但我知道她並沒有真正在笑，她的笑容裡有一股淡淡的愁，我好想把它趕走，但我不知到她愁什麼？爲情愁嗎？像我一樣？難道他們分手了？如果分手最好，我好希望她不要再跟『他』在一起，上帝啊，請給我機會，請幫我的忙，我會很虔誠的信仰您。」宏泰把日記闔上，他很久沒有禱告，今晚他跪在床前，雙手合十，希望上帝指引幫忙。

◆◆◆

上帝似乎聽到他的禱告，淑琪常常在休假的時間找他玩電玩。

「我不知道你們年輕人想什麼，這故事邏輯不對？」淑琪邊打電動邊跟他說。

「那有不對，裡面很感人。」宏泰眼睛沒離開螢幕。

「感人？你們知不知道愛情？知不知道如何愛人？那有動不動就爲愛犧牲，這要犧牲幾次？人有多少次可以犧牲？」淑琪非常不認同。

「不是有首詩『問世間，情是何物，直教生死相許』，如果沒有情，這世界就不浪漫了。」宏泰趕緊抓住情話接下去。

「搞不懂你們頭腦在想什麼，如果愛情是這樣容易，大家就吃『愛情』就飽了，何必工作，又何必有這樣多的傷心難過的事。」她搖搖頭。

「妳知道『仙劍主題曲』嗎？」他問她

「不知道。」

「妳想聽嗎？如果想聽，我唱給妳聽？」他轉身看她。

「好聽嗎？」

「非常好聽，聽完之後，你對愛情會改觀。」

「你這小鬼頭，想向我說教？不過既然你會唱，那就唱吧，反正我沒聽過。」淑琪邊說邊笑。

「細雨飄　清風搖　憑藉癡心般情長皓雪落　黃河濁　任由他絕情心傷

放下吧　手中劍　我情願喚回了　心底情　宿命盡為何要　孤獨繞　你在世

界另一邊對我的深情　怎能用隻字片語寫得盡寫得盡寫得盡不貪求一個　願又想起　你的臉朝朝暮暮　漫漫人生路時時刻刻看到你的眼眸裡柔情似水今生緣　來世再續情何物　生死相許如有你相伴　不羨鴛鴦不羨仙情天動　青山中　陣風瞬息萬里雲尋佳人情難真御劍踏破亂紅塵翱翔哪蒼穹中　心不禁縱橫在　千年間輪迴轉為何讓　寂寞長　我在世界這一邊對你的思念　怎能用千言萬語說得清說得清說得清只奢望一次　醉又想起　你的臉　尋尋覓覓　相逢在夢裡時時刻刻看到你的眼眸裡繾綣萬千今生緣來世再續情何物　生死相許如有你相伴　不羨鴛鴦不羨仙」，宏泰低聲把這首歌唱完，他偷偷轉頭瞄她。

「歌詞很感人，但現實生活裡沒有這樣癡情的人。」淑琪說。

「有啊，不然怎麼會有人這樣寫。」宏泰很想告訴她，他就是這樣癡情的人，但他不敢講，只好在心裡講。

「或許有，很可惜我沒碰過。」她不想潑他冷水。

「那是妳沒睜開眼睛看。」他說

「聽你這樣講，好像很懂的戀愛，你戀愛過幾次？交了多少女朋友？」

「沒有過。」他講得很小聲。

「真的嗎？聽你談感情的事，好像經驗很豐富的老手，原來你只是紙上作業？」淑琪想笑，但她知道他會不好意思，所以就忍住。

「我雖沒談過，但看過。」他想扳回顏面。

「你知道很多人多吃過豬肉，但有更多人沒看過豬走路。」淑琪講完再也忍不住笑了。

這一笑讓她不小心按錯鍵，宏泰藉機超越，淑琪趕緊追上，但宏泰也是不好惹，他趁機會稍微展示自己的實力，兩人的差距越來越大。

「你趁人之危，這不公平。」淑琪大叫。

「沒有公不公平的，在愛情的路上就是各憑本事。」

「你這小不點，你想教訓我嗎？」淑琪想趁機趕上。

「沒經驗的人，也是懂得愛的人。」宏泰好不容易講出這句話。

「你這小子，今天吃錯藥了，講的話還人模人樣，你是不是看了很多愛情小說？」淑琪已經落後很多了。

「我不太看小說，我只用心去感受。」他又把想說的話說出。

「看樣子你是愛情心靈顧問。」

「我不夠格當顧問，但可試著去學習實物戀愛經驗。」他暗示她。

她假裝聽不懂，「你是不是喜歡班上那位漂亮的妹妹？」

「沒有，我喜歡成熟的女生。」他說。

「想吃老草，怕你牙齒咬不動。」

「不會，人是進化的動物，會隨著環境改變自己，以便適應生存環境。」宏泰露小技巧，狠狠把淑琪遠遠的拋在後面。

「我不玩了，你太卑鄙了。」淑琪放下手上的東西。

「輸了，就承認輸了，還硬說我卑鄙，沒有運動家精神。」宏泰不服氣。

◆◆◆

淑琪不管他，直說他卑鄙，講完起身到酒櫃拿出一瓶威士忌，「你成年了嗎？」

她問他。

「已超過兩百四十一天。」宏泰說

「你每天記你的日子嗎？」淑琪有點想笑。

「沒有，只是想知道自己真正成年還有多久。」

「那你喝過酒嗎？」她問他。

「喝過一、兩次。」

「能喝嗎？」

「可以。」

「確定，萬一被罵我可不管。」淑琪把酒倒在杯中。

宏泰接下酒杯，淑琪再給自己倒一杯更滿的。

「妳有男朋友嗎？」宏泰喝了一口問

「可說有，也可說沒有。」

「這算是回答嗎？」宏泰在電腦桌旁坐著。

淑琪不理會他，逕自把酒一口喝掉，走到沙發去，淑琪再把酒倒入杯子，宏泰看著她一杯一杯喝，接著她把杯子放下，整瓶直接喝，淑琪沒停下來，宏泰走過去把酒拿下，「妳想喝醉？」

「你知道喝醉的感覺嗎？我很怕清醒，一旦清醒後，我會覺得所有人都拋棄我。」淑琪搶回酒瓶。

宏泰又把它搶回，然後往嘴裡一倒，嗆辣的味道直接刺激他的喉嚨，讓他不小心咳了起來，淑琪把酒又拿到手裡，「沒喝過幹嘛學人喝。」

宏泰咳了一下，又把酒瓶搶過去，這次有經驗，他小心的喝，酒依然嗆辣，但他已經有準備了。

兩人就搶來搶去，把整瓶喝光了，淑琪踉踉蹌蹌得走到酒櫃，再去拿另一瓶，宏泰把酒搶過來，不准她開，「我們都醉了。」

「醉了更好。」淑琪勉強要打開，不過身體不聽使喚，她只好把酒放在地上，自己躺在沙發上，宏泰靠了過去，「妳的世界不會再寂寞了。」

淑琪抓了宏泰的手，「你會陪我嗎？」

宏泰臉貼近她的臉，「你會讓我陪嗎？」

淑琪沒說話，她把宏泰抱住，宏泰也抱住她，兩人一時之間好像找到彼此的繩子，恨不得把繩子緊緊抓住，當兩人清醒時，驚覺身上已經光溜溜的，宏泰有點不知所措，淑琪再抱住他，並且把嘴唇靠了過去，宏泰敏感神經被觸動，剛才的拘謹跑走了，再次往她身上衝刺，直到累了他才趴在她身上。

淑琪抱著宏泰，「我沒想到他這樣無情，說分就分，我跟他說可以等他跟他的老婆離婚，但他說這樣對不起我，他也沒辦法丟下他老婆及小孩，既然不想跟老婆離婚，那為什麼說愛我。」她越講抱得越緊，宏泰拉開她的手，躺在她旁邊，「我可以照顧妳，妳不要再為他難過」，說完，他趨前去吻她，「我想妳想得好辛苦，每次妳回來，我看妳卸下頭髮時，我就想摸妳的頭髮，妳換衣服時，我就想摸妳的皮膚，妳躺在床上的時候，我就想當妳的枕頭……」

「你怎麼知道我頭髮卸下？」

「我從我的窗戶看妳。」

「你從窗戶看我？」

「對啊！妳做什麼我都知道。」

淑琪推開宏泰，她說她累了。

宏泰離開淑琪房間後，淑琪身體在顫抖，她強自鎮定……

大抉擇

①淑琪打包好東西離開

當淑琪知道自己被偷窺之後，心裡不由得打起顫來，也瞬間清醒過來，她看著宏泰，不知道他到底看到什麼，她想問他，又怕他不知會做出其他什麼舉動，因此，她告訴宏泰，明天要上班叫他回去。

看著宏泰回到家後，她雙腳一軟，坐在地上，不自覺得哭了起來，哭一陣子後，她告訴自己沒時間在這傷心，於是她快速打包，趁著宏泰上課時，趕快搬走。宏泰依舊等著夜間的燈火，他不知道下次開燈的人，已經換了。

換個環境換個心情，換個心情換個想法，換個想法換個人生，原來換個環境，換得這麼多。

②淑琪問他為什麼偷窺

淑琪知道他偷窺之後，心裡雖然很緊張，但她想知道他爲什麼偷窺，也想知道他有沒有偷拍。宏泰告訴她，那晚她忘記拉上窗簾的事，她鬆了一口氣，當她再次確定他沒偷拍後，整個心情放鬆起來。

單戀跟相戀的不同在該愛的人不愛，不該愛的人卻愛，而兩者的差別在單戀的味道只有一種——苦，相戀的味道卻有四種：酸、甜、苦、辣。

GOOD CHOICE 大大的享受拓展視野的好選擇

還心靈一個自由：改變心態，改變你的未來

正面思考系列 37

人要懂得改變情緒，才能改變思想和行為。思想改變，情緒就會跟著改變。人生中，得與失常常發生在一閃念間。到底要得到什麼？會失去什麼？仁者見仁，智者見智。不可否認的是，人應該隨時調整自己，該得的，不要錯過；該失的，灑脫放棄。

幸運，傻瓜也會享用。不幸，卻不是什麼人都能承受得了的。

可怕的不是失敗，而是逃避的心態

正面思考系列 38

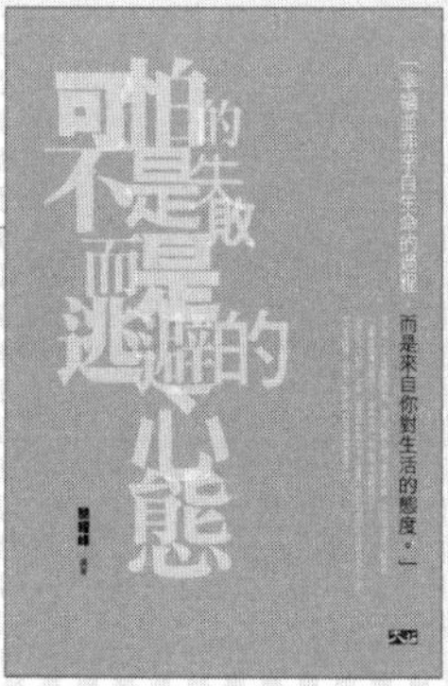

生命是一次次蛻變的過程，唯有經歷各種各樣的折磨，才能增加生命的厚度。一個學會感謝折磨的人，將發現一個心想事成的自己。也許在別人眼中，苦難、挫折和失敗如洪水猛獸，但在他們眼中卻自有美好之處，也正是經歷了這些，他們的人生才變得與眾不同。

「幸福並非來自生命的過程，而是來自你對生活的態度。」

折磨你的事不一定都是壞事

正面思考系列 39

安逸使人忘憂，緩慢漸進的危險是最危險的。

有人說，沒有風暴，再結實的船帆只不過是一塊破布；沒有坎坷，再優秀的人才只不過是紙上談兵。歷史教導我們，逆境是成功路上的真實考驗，而在遇到順境的時候，應該視之為夢幻。順境本應該是一個人成功的助力，沉迷於順境的人最終將會被順境這個隱匿的敵人所擊敗。

GOOD CHOICE 大大的享受拓展視野的好選擇

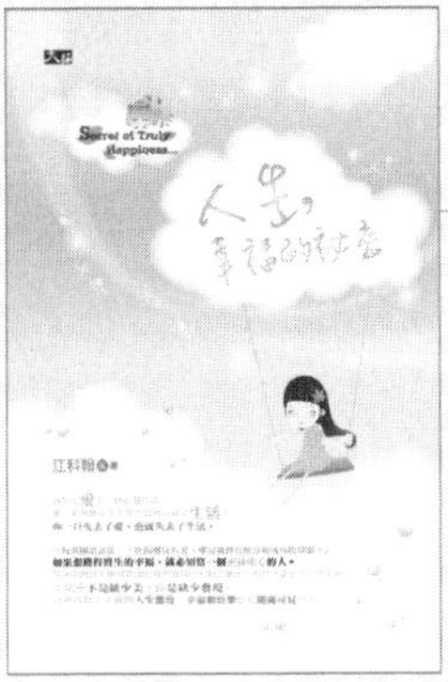

人生幸福的祕密

成長階梯系列 45

微笑是一種良好的交際手段。

如果你不滿意現在的環境，你就首先試著改變自己的思想和心態看看。採取寬以待人的態度，才有助於矛盾的解決。生活中的許多煩惱都源於我們盲目的和別人攀比，而忘了享受自己的生活。

生活中不是缺少美，而是缺少發現。只要採取了正確了人生態度，幸福和快樂也是隨處可見的。

對你來說幸福是什麼

成長階梯系列 46

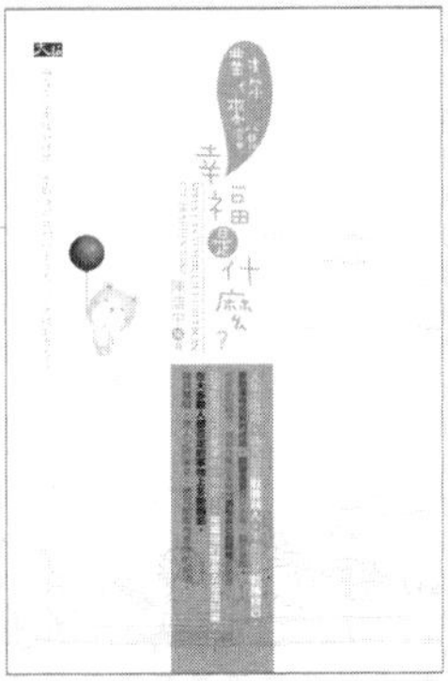

人生之成功，與其說是戰勝別人，不如說是戰勝自己。

要想獲得投資的成功，關鍵是要善於思考，勤於動腦。

在資訊化時代，沒有什麼比及時地調整自己的戰略更重要。

致富的捷徑只有簡單的一句話：「用積極的態度去追求財富。」

在大多數人都否定的事物上多動腦筋，獨具慧眼，見人之所未見，便可能取得意外的成功。

我跟幸福有個祕密

成長階梯系列 47

生命在於運動！運動鍛煉是積極的休息。

快樂是積極地肯定自我，是緊緊地抓住現在。

生活習慣伴隨而來的疾病，我們可由生活習慣著手來預防。

與其盲目地追求生活的享受，不如細細體味一下眼前的生活。

善於理解幽默的人，容易喜歡別人；善於表達幽默的人，容易被他人喜歡。

GOOD CHOICE 大大的享受拓展視野的好選擇

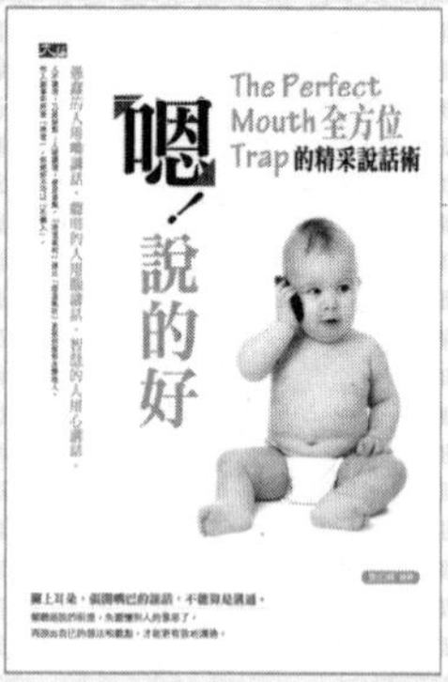

嗯！說的好：全方位的精采說話術

社會大學系列 21

愚蠢的人用嘴講話，聰明的人用腦講話，智慧的人用心講話。
人不講理，乃是缺點；人硬講理，便是盲點。
「理直氣和」遠比「理直氣壯」更能說服和改變他人。
待人處事固然要「得理」，但絕對不可以「不饒人」。

最討人喜歡的說話方式

社會大學系列 22

人與人之間，本來有許多地方是相同的，但是要使彼此真正共鳴起來，得有相當的說話技巧。事先一定要瞭解對方是什麼樣的人。可以收集資訊，因人而異，運用恰當的技巧，對症下藥。

有求於人、應酬交際、演講辯論，各種狀況下的說話應對我們幫你一網打盡！

別輸在不懂說話上

社會大學系列 23

打圓場、拒絕、批評、說服、道歉……等的說話技巧一應具全！
世人常說：「良藥苦口利於病，忠言逆耳利於行。」
但隨著科學技術的迅速發展，良藥也裹上了糖衣，變得可口了。既然良藥未必苦口，那麼忠言也未必逆耳，這就要取決於說話方式方法的優劣了！高明的說話技巧讓尷尬場面不再出現！

浩克抓狂控制術

贏家系列 9

不要忽視情緒的力量，請察覺每一個情緒背後的意義，它可能是死神的召喚，更可能是改變命運之門的鑰匙。

一個人的心態就是一個人真正的主人，要麼你去駕馭生命，要麼是生命駕馭你，而你的心態將決定誰是坐騎，誰是騎師。

不抓狂的情緒控制術

贏家系列 10

有時候，明天的煩惱往往是人們誇大想像出來的！

如果想要讓自己過得輕鬆，就不能預支明天的煩惱，不想著要早一步解決掉明天的煩惱，而是應該努力把握好今天。等煩惱來了，再去考慮也不遲。

感情世界經濟學

贏家系列 11

害怕一個人的孤單，又不捨得一個人的自由。

愛情是一筆應收帳款，賒銷是基於對對方的信任。

剩女時代來臨。她們通常有較好的相貌、體面的工作和穩定的物質生活。有人說她們患有愛情麻痺症，是一群不願和婚姻和解的女人。因為「高」，所以「剩」。其實只要好好把握，她們可是無「嫁」之寶。

大大的享受拓展視野的好選擇

永續圖書線上購物網
www.foreverbooks.com.tw

謝謝您購買　　非限制級的愛情　　這本書！

即日起，詳細填寫本卡各欄，對折免貼郵票寄回，我們每月將抽出一百名回函讀者寄出精美禮物，並享有生日當月購書優惠！

想知道更多更即時的消息，歡迎加入"永續圖書粉絲團"

您也可以利用以下傳真或是掃描圖檔寄回本公司信箱，謝謝。

傳真電話：（02）8647-3660　　信箱：yungjiuh@ms45.hinet.net

☺ 姓名：　　□男　□女　　□單身　□已婚

☺ 生日：　　□非會員　　□已是會員

☺ E-Mail：　　電話：（　）

☺ 地址：

☺ 學歷：□高中及以下　□專科或大學　□研究所以上　□其他

☺ 職業：□學生　□資訊　□製造　□行銷　□服務　□金融

□傳播　□公教　□軍警　□自由　□家管　□其他

☺ 您購買此書的原因：□書名　□作者　□內容　□封面　□其他

☺ 您購買此書地點：　　金額：

☺ 建議改進：□內容　□封面　□版面設計　□其他

您的建議：